De zwervers van de Zakopane

Voor Sonya, Paul, Karen en Marijke

Met tekeningen van Ietje Rijnsburger

Els Pelgrom

De zwervers van de Zakopane

Kosmos Amsterdam Antwerpen

Ander werk van deze schrijfster:
De kinderen van het Achtste Woud
(bekroond met de Gouden Griffel 1978)

© Uitgeverij Kosmos bv, Amsterdam 1978
Omslagontwerp en tekeningen: Ietje Rijnsburger
ISBN 90 215 0720 X
D/1978/0334/64

Inhoud

Pepper huilt

Het verhaal dat ik jullie wil vertellen gaat over de kinderen van de familie Siegel. Frances Siegel, John Siegel en Luneige Siegel. En over hun moeder, mevrouw Margje Siegel, die ze altijd Mam noemen.

Die kinderen woonden in de Verenigde Staten van Noord-Amerika, in een stad die Baltimore heet. Op een dag zijn ze aan boord van een klein vrachtschip gegaan, en naar Holland gevaren. Hun moeder ging ook mee. Ze deden dat niet, zoals een heleboel andere mensen, om vakantie te houden. Ze gingen naar Holland om daar voorgoed te blijven. Waarom ze uit hun eigen land weggingen, hoor je wel als je het verhaal verder leest.

We zullen dan maar beginnen met de dag dat ze vertrokken. Eigenlijk was het nog niet echt dag, want het was winter en buiten was het nog donker. Het was heel stil in huis.

In de kamer van mevrouw Siegel brandde licht. Ze lag op haar rug in bed en staarde naar het plafond. De hele nacht had ze niet kunnen slapen van de zenuwen.

In een andere kamer sliep Luneige, (je zegt: lunèzje), in een kinderbed, want ze was nog klein. Ze had haar dekentjes weggetrapt, maar ze had het niet koud, want ze had een pak van roze molton aan. Er zaten ook voeten aan dat pak. Zulke pyjama's dragen veel kleine kinderen in Amerika. Onder Luneiges buik lag Peter-Rabbit, haar speelgoedkonijn.

In de kamer van Luneige was een deur waardoor je weer in een andere kamer kwam. Die deur stond open. Daar, in het grootste bed, dicht bij het raam, sliep Frances. Haar lange

7

bruine haar lag als een waaier op het kussen. Het bed van John stond tegen de muur, met John erin en hij sliep ook. Voor hem, op de grond, in een slaapzak op een matras, lag nog een jongen. Je kon zijn gezicht niet zien, zelfs niet een plukje van zijn haar. Die jongen heette Stephan, hij was Johns vriendje. Hij ging niet mee naar Holland. Als zij weg waren, bleef hij in het huis wonen. Samen met zijn moeder. John droomde. Hij stond bovenop het dak van een huis. Het waaide hard, de wind deed zijn oren pijn. Een heleboel vogels vlogen om hem heen. Ze kwamen met hun vleugels vlak bij zijn gezicht. Het waren meeuwen. In de verte zag John er nog meer, de lucht was helemaal wit van de meeuwen. Opeens lieten zijn voeten het dak vanzelf los, en daar zweefde hij door de lucht. Een grote meeuw kwam naast hem vliegen. Ze keken elkaar aan, en de meeuw kneep zijn ronde gele oog half dicht. John knipoogde terug naar de meeuw.

Een smalle streep licht viel tussen de gordijnen door de kamer in. John knipperde nog eens met zijn ogen en draaide zich om. Hij wilde niet wakker worden, hij wilde verder dromen. En nog een eindje vliegen, samen met die meeuw. Maar het lukte niet.

John hoorde het geluid van blote voeten op de houten vloer. Hij gluurde door zijn oogharen. Frances was uit bed gekropen en schoof het gordijn wat verder open. Midden boven de straat hing een lantaarn aan een draad, die heen en weer zwaaide. Een lichtvlek danste over het plafond en langs de muur.

Frances liep op haar tenen door de kamer. De treden van de trap kraakten. Een poosje later hoorde John dat Frances weer boven kwam. Hij had zich op zijn rug gedraaid. Met zijn ogen stijf dicht haalde hij heel diep adem.

'Wat een mafkop!' mompelde Frances. 'Hoe kan hij zo lang slapen, op een dag als vandaag. Die jongen is zo koud als een vis.'

John rekte zijn armen uit, en heel slaperig zei hij: 'Een vis . . . een koude vis . . . in de koude zee.'

'Slaap je, John? Hé, John, droom je?' fluisterde Frances.

John deed zijn ogen nog stijver dicht. 'Grrr . . .! Een haai! Ik ben een haai! Ik neem je mee naar de diepste diepte van de oceaan!' Opeens schoot hij overeind en zette zijn tanden in Frances' nachtjapon. Woest zwaaide hij zijn hoofd heen en weer.

'Ssssst! schei uit!' giechelde Frances. 'Mam is wakker, maar we mogen geen lawaai maken. Het is pas zes uur.'

John liet haar niet los, en Frances deed een stap achteruit en trapte bovenop Stephan.

'Hé, wat is er? Wat is er? Gaan jullie al weg?' Stephan zat rechtop en knipperde met zijn ogen. Hij sliep eigenlijk nog en begreep niet wat er aan de hand was.

' 't Is zes uur,' zei Frances.

'Waarom maak je me dan wakker? Zes uur! Je hebt op mijn buik getrapt.'

'Sorry hoor, ga maar weer slapen.'

'Zes uur!' Mopperend stak Stephan zijn hoofd weer in de slaapzak.

John en Frances waren allebei klaar wakker. Frances zei: 'Mam wil niet dat we Luneige al wakker maken. Weet je wat, ik kom op jouw bed liggen. Dan kunnen we fluisteren.'

Ze trok een deken van haar eigen bed af, rolde zich daarin en ging op het voeteneind van Johns bed liggen.

'Je mag wel bij mij onder de dekens komen,' zei John.

'Dankjewel. Dan ga je windjes laten, stinkerd.' Frances giechelde weer. 'Mam had het licht aan,' zei ze, 'ze heeft vast de hele nacht niet geslapen.'

'Wat zal ze vannacht dan goed slapen.'

'Ja, als we varen.'

'Ja.'

'Pepper was ook wakker. Ik wou dat we Pepper konden

meenemen.'
'Dat gaat niet. Of zouden we het stiekem kunnen doen?'
'Ja, maar hoe?'
'Hij is veel te wild. Hij blaft zo hard en hij springt tegen iedereen op.'
'We moesten hem in een koffer stoppen. Maar dan moesten we hem eerst bewusteloos maken, en dat is zielig.'
'Een hond kan niet mee op een schip.'
'Ik vind het zo fijn om weg te gaan. Maar ik vind het zo naar van Pepper.'
'Van Daddy ook.'
'Ja.'
Frances giechelde weer. 'We hadden Daddy ook in een koffer kunnen stoppen,' zei ze.
'En hem eerst bewusteloos maken zeker.'
'Ja. En alle anderen ook. Al onze vrienden en vriendinnen.'
'Stephan zal wel goed voor Pepper zorgen.'
'Hij boft dat hij zo'n mooie hond krijgt.'

In Baltimore duurt de winter niet lang, maar soms is het dan wel flink koud. Die morgen werd het niet echt licht. Laag boven de daken van de huizen hingen grote grijze wolken. In de woonkeuken moest de lamp blijven branden. Daar was maar een klein raam, waardoor je op een binnenplaatsje keek. In die donkere tijd bleef de lamp bijna de hele dag aan. Ze zaten met z'n allen te ontbijten. Stephans moeder bakte eieren, en ze schonk koffie in. Ze was Mams beste vriendin. Stephan en John hadden op school in dezelfde klas gezeten. Stephan was Johns enige echte vriend, en John was Stephans enige echte vriend. Stephan en zijn moeder woonden al drie weken in hun huis. Over een paar uur zouden ze het hele huis voor hun tweetjes hebben, want Stephan had geen vader. Mam had alle grote dingen, die ze niet in kisten en koffers konden meenemen, aan de moeder van Stephan gegeven. De wasmachine en het fornuis, de kachel en de meubels. De vorige dag waren de kisten opgehaald en naar de boot gebracht. Het waren er vijf. In die kisten zaten dekens en lakens, boeken en grammofoonplaten en schilderijen, serviesgoed en pannen. Alleen de koffers en de tassen met hun kleren waren er nog, en ook wat speelgoed.

John liep de trap op. Hij had het gevoel dat hij wat vergeten had in zijn tas te stoppen. Misschien lag er nog ergens iets wat hij eigenlijk mee wilde nemen.

'John, kom eten!' riep Mam.

'Ik kom zo!' riep John terug.

In het midden van de kamer lagen de drie koffers op de vloer. Overal lag beddegoed. John vond de kamer nu heel erg raar; hij was zo anders dan eerst. De lampekamp was weg, er hing alleen nog een lamp aan een draad. Op de muren waren plekken waar je kon zien hoe het behang vroeger was geweest. Rode rozen. Boven Frances' bed had die plaat van Charlie Chaplin gehangen, met dat witte hondje. En hier, naast de kast, de driemiljoendollarman die een auto boven zijn hoofd tilt. En die kleine vierkante plek was van de kalender, die Oma een keer gestuurd had. Wat gek dat je nu pas zag hoe verkleurd het behang was, helemaal bruin en vol vlekken. John keek in de kast en trok alle laden open. Er lag niets meer in.

Voor de zekerheid maakte hij ook nog even zijn koffer open. Het sleuteltje had hij in zijn zak. Alles zat erin: truien, sokken, onderbroeken, de zwarte ribfluwelen broek, en zijn brillekoker met de nieuwe bril. Zijn tas lag op zijn bed. Daarin nam hij het monopolyspel mee en een pak kaarten, en een schrift en een doos met stiften.

'Kom nou, je ei wordt koud!' hoorde hij zijn moeder roepen.

'Ik ben er al,' zei John, terwijl hij op zijn plaats aan tafel ging zitten.

Geen hapje van het ei kon hij doorslikken. Hij had gewoon

geen honger, en zijn keel zat dicht. Alle anderen zaten druk te praten. John sneed zijn gebakken ei in steeds kleinere stukjes. Hij moest aan die meeuw denken, waarvan hij gedroomd had. Het was een mooie droom geweest, want hij had echt gevlogen. Daar was hij wel een beetje trots op.

Omdat ze op reis gingen had Luneige haar jas alvast aangetrokken. Aan de leuning van haar stoel hing een gele plastic tas. Luneige was bang dat ze iets vergeten zou. Daarom hield ze Peter-Rabbit, het speelgoedkonijn, ook steeds in haar arm gekneld. Peter-Rabbit had een mooi jasje aan van blauw fluweel.

'Peter-Rabbit, jij moet ook eten,' zei Luneige. Ze wreef een beetje in de melk geweekte cornflakes op de snuit van het konijn. 'Peter-Rabbit, goed eten hoor, anders word je strakjes zeeziek!' zei ze.

Luneige wiegde het konijn in haar armen heen en weer. Ze neuriede een liedje in zijn grote oor. Die hele morgen hield ze hem zo bij zich.

'Weet je wat jullie eens moesten doen?' zei Mam. 'Gaan jullie nu eens alle mensen die je hier in de buurt kent, langs om afscheid te nemen.'

'Ach, dat hebben we gisteren al gedaan,' zei Frances, 'en de vorige week ook al een paar keer.'

'Op de dag van vertrek is het nog aardiger. We gaan pas om twaalf uur weg. Toe nu maar, ga maar naar buiten. Anders moeten jullie de hele morgen hier rondhangen.' Mam knoopte de jas van Luneige al dicht. Ze zei: 'Frances, is je horloge gelijk? Jij moet op de tijd letten.'

'Als het dan beslist móet,' zei John. Hij stond op en rekte zich uit. 'Ga jij ook mee, Stephan?' Stephan ging ook mee.

Buiten op straat holde Pepper telkens voor hen uit. Dan kwam hij weer terug, blafte opgewonden en zwaaide met zijn staart. Hij was een gewone straathond. Zijn vacht was bruin, zijn staart stak altijd omhoog, en aan zijn stompe snuit hing een klein sikje. Aan de manier waarop hij zijn pootjes neerzette kon je zien dat hij een vrolijke hond was. Toch hadden zijn ogen soms iets droevigs, maar misschien leek dat maar zo omdat hij je zo lief aankeek.

In de straat waar ze woonden was aan de overkant een winkeltje, waar je gezond eten kon kopen. Het was dus niet een gewone winkel. Heel vaak was er niemand om je te helpen. Dan mocht je zelf afwegen wat je nodig had en het geld in een doosje doen. Vandaag was het meisje, dat voor de winkel zorgde, er wel. Een belletje rinkelde toen ze de deur opendeden.

'Hallo,' zei het meisje, 'zijn jullie daar alwéér?' Ze was bezig appelsap in flessen te gieten. Op de vloer stonden vaatjes met pindakaas en met honing, en er lagen zakken met graan en met bonen.

'Dag,' zei Frances, 'we komen je dagzeggen. We gaan zo weg.'

'Wat fijn voor jullie. Ik wou dat ik mee kon. Ik zou ook wel eens naar Europa willen.'

'Wij gaan naar Holland,' zei John.

'Naar Amsterdam,' zei Luneige. 'Daar woont onze Oma.'

'Ja,' zei het meisje, 'maar dat is toch in Europa. Vlak bij Parijs! Daar zou ik nou graag heen willen. Hoe laat gaan jullie weg?'

'Om twaalf uur.'

'En met een boot nog wel. Jullie boffen, hoor.'

'We gaan met de auto,' zei Luneige. En Frances zei: 'Met de auto naar de boot.'

Het meisje vroeg: 'En wat doe jij, Stephan?'

'Ik ga niet mee,' zei Stephan.

'Dat is maar goed ook,' zei het meisje. 'Anders zou ik al mijn klanten nog kwijt raken.' Zo stopte ze een kurk op een volle fles met appelsap, en zei: 'Ik zal jullie wat geven voor onderweg. Je moet het eerlijk delen.'

Ze vulde een zak met paranoten, en toen ook nog één met

rozijnen. 'Alsjeblieft,' zei ze.

Allevier gaven ze haar een hand. Buiten hoorden ze het belletje nog een poos nagalmen. Pepper zat op de stoep te wachten. Terwijl ze verder liepen aten ze van de noten en de rozijnen. Een harde wind blies in hun gezicht toen ze de hoek om gingen. Grote grijze wolken dreven langs de hemel. Elk ogenblik kon het gaan regenen.

Ze waren in een brede straat gekomen, waar auto's en bussen reden. De verkeerslichten hingen aan kabels boven de rijbaan en bewogen op de wind. In het midden van de straat was de markthal. Dat was een lange houten loods, waarin elke dag markt werd gehouden.

John liep achteruit. Hij zwaaide met zijn armen en riep: 'Wat u hier ziet, dames en heren, is de hoofdstraat van deze buurt, die heet Fell's Point, en deze hoofdstraat heet Broadway! Jullie waren toeristen uit Europa, en ik maak een rondleiding, snap je!'

'Nee!' riep Stephan, 'jullie komen toch uit Europa, ik mag rondleiden! Hier is Fell's Point, dames en heren, het oudste deel van Baltimore. Daar zijn de havens, die kant op...'

'Ik doe het! Ik doe het!' zei John kwaad. 'Ik heb het bedacht. De gemeente, dames en heren, wil door deze schitterende oude buurt een verkeersweg aanleggen. Wij hebben een aktie gevoerd, enne... en...'

'Je bent gek,' zei Stephan, 'zoiets vertel je niet bij een rondleiding. Dames en heren, Fell's Point is genoemd naar de beroemde meneer Fell's Point, en die ligt begraven in een zijstraat daar...'

Frances zei: 'Jullie zijn allebei gek. Die meneer heette Fell, en niet Fell's Point, wist je dat niet eens? En maak nou geen ruzie, de laatste dag dat we hier zijn.'

Het was toen ook niet meer zo leuk om rondleiding te spelen.

Luneige liep met korte dribbelende pasjes naast Pepper. Ze moest gebukt lopen, want ze had haar arm om zijn nek geslagen. Ze riep: 'Pepper en ik zijn verliefd, dat kun je wel zien, hè?' Maar Pepper trok zich los en holde naar de andere kant van de straat. Daar ging hij achter de markthal aan een hoop visafval snuffelen.

'Pepper! Pepper!' riep Luneige.

'Je moet hem niet roepen,' zei Frances, 'dan raakt hij in de war. Hij weet wel hoe hij moet oversteken. Hij kijkt altijd goed uit.'

De volgende winkel waar ze naar binnen stapten, was de junkshop van Kleine Harry. Een junkshop is een winkel waar oude dingen die mensen weggegooid hebben, worden verkocht. Er waren altijd klanten tussen de bergen oude rommel aan het zoeken. Over een touw hingen kleren, en in een hoekje waren kapotte radio's en tv's opgestapeld. Voor het winkelraam stonden flessen, in alle maten en kleuren. Toen ze pas naar Fell's Point waren verhuisd, had Mam hier een tafeltje gekocht voor maar vijftig dollarcent.

'Hallo!' zei Kleine Harry. 'Daar hebben we de familie Siegel. Ik dacht dat jullie al lang in Holland waren.'

'Zo dadelijk gaan we weg. We komen nog even dagzeggen,' zei John.

'Net als gisteren,' zei Kleine Harry met een ernstig gezicht, 'Dat vind ik nou echt aardig van jullie.'

Op de toonbank en op een tafel stonden schalen en dozen, die vol zaten met kralen en knopen en stukjes kant en postzegels en munten en oude prentbriefkaarten. Luneige had haar handjes op haar rug gedaan. Maar telkens, zonder dat ze het wilde, kwam een handje te voorschijn om iets te pakken. Vlug ging het handje weer terug naar haar rug. Kleine Harry vond het niet leuk als je overal aankwam.

'Gaan jullie nu echt weg?' vroeg Kleine Harry. 'Ik geloof het eerlijk gezegd helemaal niet. Misschien komen jullie morgen wel weer hier binnen om afscheid te nemen'.

'Nu gaan we heus,' zei Frances.

Stephan en John waren achter de oude kleren langs gekropen. Daar hing een vies, muf luchtje. In een donkere hoek stond een oude etalagepop met een vliegenierspak aan. De pop had wel vijftig medailles op zijn borst geprikt. Er was met inkt een snor op zijn gezicht getekend, en één oog was er niet. Daar zat een gat, zodat je binnenin het lege hoofd kon kijken. En op de blonde geverfde krullen stond een zwarte gleufhoed. Kleine Harry gaf nooit iets weg, maar al voor vijf cent kon je bij hem iets kopen. Hij zei:

'Jullie hebben vast nog wel een paar dollars over, hè?'

'Welnee,' zei Frances, 'dollars hebben we niet vaak, en nu hebben we zelfs niet meer één kwartje over.'

'Als dat zo is moesten jullie maar iets uitzoeken. Iets wat je mooi vindt om mee te nemen. Dan kun je later nog eens aan mij denken, en aan Baltimore. Als je iets neemt wat te duur is, zal ik het wel zeggen.'

Iets uitzoeken uit de junkshop van Kleine Harry, dat was niet zo gemakkelijk. Er was zo veel moois. Het duurde erg lang voordat ze ermee klaar waren.

John kon niet beslissen. Hij wist dat op een plank onder de toonbank een echt pistool lag. Dat kon hij niet vragen, dat begreep hij wel. Die zwarte hoed op het hoofd van de etalagepop, zou die te duur zijn? Er zaten wel wat motgaatjes in. Hij keek er telkens naar, maar durfde hem niet te pakken.

Luneige was het eerst klaar met uitzoeken. Ze mocht van Kleine Harry een schoteltje hebben. Er zat wel een barst in dat schoteltje en er was een hoekje uit, maar toch vond Luneige dat het allermooiste wat er te vinden was. Het had een prachtige blauwe kleur, en er stond het portret op van een dame met een witte hoofddoek en een krans van gouden stralen om haar hoofd.

Frances had eerst een kleedje uit een berg vodden opgeraapt, daarna een mooi groen flesje met een oor, en ook nog een schilderijtje waar een schip op stond. Opeens zag ze toen het mooiste paar witte schoenen, met hele hoge hakken, die ze ooit gezien had. Die lagen zo maar tussen een berg kapotte rubber laarzen. Vlug stapte ze uit haar eigen schoenen en in die witte. Ze pasten precies. Ze deed een paar stapjes, wiebelend op de hoge hakken. Ze keek Kleine Harry aan en kreeg een kleur. 'Nee hoor, ik weet wel dat dit niet kan,' zei ze.

Er kwamen een heleboel rimpels in het voorhoofd van Kleine Harry, zo hoog trok hij zijn wenkbrauwen op. 'Die liggen daar nou al vijf jaar, en nog nooit heeft iemand ze gepast. Je mag ze wel hebben,' zei hij.

'Wat geweldig! Dank je wel!' Frances had nog steeds een kleur, maar nu omdat ze zo blij was .

'Nu John nog, en Stephan,' zei Kleine Harry.

'Ik ook?' vroeg Stephan. 'Ik ga toch niet weg?'

'Jij mag ook een kleinigheidje.'

Stephan wilde graag een button hebben, zo'n ronde speld met een plaatje erop. Daar had hij thuis al een hele verzameling van. Kleine Harry had een la vol buttons, Stephan zocht er een uit waar Mohammed Ali, de beroemde bokser, opstond.

'John, nu jij nog.'

'Ja John, we moeten opschieten. Doe niet zo vervelend, we hebben haast, zei Frances.

'Ik weet eigenlijk niks,' zei John.

'Weet je niks?'

'Ja, er is wel veel moois. Er is genoeg. Maar dat zijn allemaal geen dingen om te krijgen. Ach, laat maar, ik hoef niet.'

Kleine Harry keek John aan. 'Dat gaat niet, John,' zei hij. 'Je zusjes hebben wat uitgezocht, dus moet jij ook iets nemen. Als een herinnering. Weet je het echt niet?'

John schudde verlegen zijn hoofd.

'Nou, dan zal ik maar voor jou kiezen.' Kleine Harry kwam van achter zijn toonbank vandaan. Daar, achter die toonbank, had hij op een verhoging gestaan. Nu hij tussen de bergen uitgestalde rommel door liep, zag je pas goed waarom hij Kleine Harry werd genoemd. Hij was zelfs nog een beetje kleiner dan John. Eerst pakte hij een kapotte vishengel, toen een verroeste trommel, toen een oude das... en toen pakte hij de hoed van de etalagepop en zette die op Johns hoofd. John begon te lachen. 'Mag dat? Heus waar?' vroeg hij. Kleine Harry knikte. John gaf hem een hand en zei: 'Die wilde ik ook het liefst. Maar ik durfde het niet te vragen. Dankjewel!'

Het was al bijna half twaalf en ze moesten voortmaken. Frances klikte met haar hoge hakken op de straatstenen. Pepper was verdwenen, die was zeker in zijn eentje alvast naar huis gegaan. Ze liepen de markthal door, langs de tafels met

groente en vis en geplukte kippen, langs de Poolse bakker en langs de Joodse bakker. Aan het eind van de lange loods stond de man die kaas verkocht.

Hij was van hun allevier een goede vriend. Want de vorige zomer, in de vakantie, had hij zijn kazen en doosjes dicht op elkaar geschoven. Zo was er ruimte op de tafel gemaakt, waar de kinderen hun eigen uitstalling mochten hebben. Ze hadden daar oude strips verkocht, en kettingen die ze zelf gemaakt hadden, en asbakjes van klei. Ze verdienden er zoveel geld mee dat ze naar het circus konden gaan.

'We komen u nog een keer dagzeggen, de allerlaatste keer,' zeiden ze tegen de kaaskoopman.

'Vandaag gaan jullie toch echt, hè?' zei hij. 'Gelukkig maar. Als jullie me elke dag komen dagzeggen, word ik elke dag bedroefder.'

Hij wikkelde een stuk kaas in papier, en zei: 'Geef dit aan je moeder en doe haar de groeten.'

Ze gaven hem een hand en holden weg.

In hun eigen straat stond het vol met auto's. Een oude Buick was er, en een Packard, en een Ford Stationcar. Aan die auto's konden ze zien wie er allemaal gekomen waren om afscheid te nemen.

Toen ze de voordeur open deden hoorden ze een heleboel stemmen. Al Mams vrienden en vriendinnen waren er. Het was stampvol in de keuken.

'Daar zijn ze! Daar zijn ze!' werd er geroepen. Pepper was ook mee naar binnen gekomen. Hij snuffelde aan de schoenen en de handen van al die mensen.

'Wat hebben jullie daar?' vroeg Mam verwonderd. 'John, hoe kom je aan die hoed? En wat is er met je schoenen gebeurd, Frances?'

'En ik dan!' riep Luneige. 'Kijk eens wat ik gekregen heb!' Ze liet aan iedereen het mooie blauwe schoteltje met de dame zien.

De vriendinnen en vrienden van Mam zaten om de tafel en op de grond bij de kachel. Er waren niet genoeg stoelen voor zoveel mensen. Ze hadden een paar flessen sherry meegebracht, en Mam schonk de sherry in de kleine glaasjes van Stephans moeder. De kinderen vertelden hoe Kleine Harry kadootjes had gegeven.

'Dat is een heel ding voor een junkshophouder,' zei een van de mannen. 'Want hij moet het van kwartjes en centen hebben. Alles is geld waard.'

'Ik dacht nog wel dat hij zo gierig was,' zei een ander.

'Dat is hij ook, maar misschien niet voor echte vrienden.'

Al die mensen zaten door elkaar heen te praten, want ze wilden allemaal wat zeggen. Het kon ze niet schelen of er naar ze geluisterd werd. John en Frances en Stephan luisterden ook niet aldoor. Het was trouwens niet erg interessant.

Opeens riep Mam tussen al het gepraat door: 'Maar Frances, waar zijn je eigen schoenen dan?'

'O!' zei Frances, 'die heb ik in de winkel laten liggen, tussen de rubber laarzen.'

'Ga ze vlug halen!'

'Dat doen wij wel,' stelde Stephan voor. 'Frances loopt zo idioot op die hoge hakken. Eigenlijk zijn we daardoor zo laat terug.'

'Dat is helemaal niet waar,' zei Frances. 'Maar gaan jullie toch maar mijn schoenen halen; ik wil deze witte niet vies laten worden.'

Stephan en John liepen samen terug naar de junkshop, Stephan met de button op zijn jas, en John met de gleufhoed op.

'Dat dacht ik wel!' riep Kleine Harry. 'Jullie komen nog een keer dagzeggen, hè!'

'Frances heeft haar schoenen hier laten liggen,' zei John. 'Niet de mooie witte, maar haar eigen oude schoenen.'

De schoenen stonden op de toonbank. Kleine Harry zei: 'Ik had ze al wel vijf keer kunnen verkopen. Vertel dat maar aan Frances.'
'Ik zal het zeggen. Dag!'
'Dag!'
Toen ze terugkwamen was het gepraat nog steeds niet afgelopen. Daarom is het nu wel een goed ogenblik om te vertellen wat er gebeurde voor deze dag. We hebben er nog net een kwartier de tijd voor.

Vijftien jaar geleden was Mam uit Nederland naar Amerika gekomen. Ze was toen nog een jong meisje. Al gauw had ze Daddy leren kennen, en na een poosje waren ze getrouwd. Eerst hadden ze in New York gewoond, en daar was Frances geboren. Dat was dertien jaar geleden. Daarna verhuisden ze naar Baltimore. John werd elf jaar geleden in Baltimore geboren. Later kwam Luneige er nog bij.
Daddy werkte bij een krant. Ze woonden in een groot huis, met een voortuin en een achtertuin. Vroeger was het huis van rijke mensen geweest, het had toen aan de rand van de stad gestaan. Dat was heel lang geleden. De stad was al groter en groter geworden, zodat het huis in het centrum stond toen zij erin woonden. Er waren twee trappen in dat huis, één aan de voorkant en één bij de keuken, en ook twee badkamers. Zo hoorde dat bij deftige mensen, want die wilden niet over dezelfde trap lopen als de meiden en de knechten. Voor Mam was het alleen maar lastig om dat grote huis met twee trappen en twee badkamers schoon te houden. Ze hadden daar allemaal een eigen kamer, en er waren nog kamers over voor logées. In elke kamer was een open haard. Die hoefden niet te branden, want er was ook centrale verwarming. Het was een fijn huis. Er waren veel kasten en hoekjes om je in te verstoppen.
Frances en John konden zich de nacht toen Luneige geboren

werd, nog heel goed herinneren. Dat was ook nog maar vier jaar geleden. Ze waren bijna die hele nacht wakker gebleven. Daddy had Mam naar het ziekenhuis gebracht. John en Frances wilden niet naar bed gaan zolang Daddy niet terugkwam. Ze vielen bijna om van de slaap. Om wakker te blijven hadden ze steeds weer nieuwe spelletjes bedacht. Maar toen kwam Daddy. Hij keek blij.

'We hebben een zusje!' riep hij. 'Het is een mooi kindje. Morgen komt Mam naar huis, met de baby.'

Nu waren Frances en John helemaal wakker. Ze hadden geen zin om naar bed te gaan. En Daddy ook niet.

'Trekken jullie je jassen aan, we gaan een wandeling maken,' zei Daddy.

Buiten op straat was het heel mooi. Er was die nacht een beetje sneeuw gevallen, en alles was wit. Zelfs de straat was wit, want er hadden nog geen auto's gereden. De wolken waren opgelost in kleine witte veertjes, die stil in de donkerblauwe hemel hingen. Het was volle maan, en je kon buiten haast net zo goed zien als overdag.

Vlakbij hen woonde een vriend van Daddy, ook in zo'n mooi oud huis. Er brandde nog licht achter de ramen. Meestal zat die vriend nog heel laat te werken of te lezen. Ze hadden aangebeld om hem te vertellen dat het kleine zusje geboren was.

'En hoe heet het?' had hij aan Frances en John gevraagd.

'We zijn het er nog niet over eens,' had Daddy gezegd.

Ze gingen niet naar binnen, maar bleven in de tuin staan praten. In de verte klonk de sirene van een politieauto. Dat was een heel gewoon geluid in een stad als Baltimore, je hoorde het dag en nacht. Maar nadat het geluid was weggestorven, werd de nacht weer net zo mooi en geheimzinnig.

John vond dat het zusje Snowdrop (sneeuwvlokje) moest heten, omdat het geboren was toen het sneeuwde. En Frances wilde het Moonlight (maanlicht) noemen, omdat de maan zo helder scheen.

'Noemen jullie haar dan Luneige, dat is Frans voor maan en sneeuw,' bedacht Daddies vriend. Zo had Luneige haar naam gekregen.

Je zou denken dat alles goed was geweest zolang ze in dat mooie oude huis woonden. En toch was er al die tijd iets niet helemaal in orde. Alleen zouden de kinderen onmogelijk kunnen zeggen, wat er dan niet in orde was. En Mam en Daddy praatten er ook nooit over.

Toen, op een dag, nu een jaar geleden, zei Mam opeens: 'We gaan in een ander huis wonen.' Mams vriendinnen waren gekomen om met de verhuizing te helpen. Met hun auto's brachten ze de meest noodzakelijke dingen naar het kleine huis in Fell's Point, dicht bij de haven. Het meeste lieten ze achter, omdat Daddy in zijn eentje in het grote huis bleef wonen.

Dat was het dus geweest. Mam en Daddy hadden het al heel lang niet meer prettig gevonden om samen in één huis te wonen. Ze hadden het alleen maar nooit verteld.

Het huis in Fell's Point was een klein lelijk huis, in een nauwe lelijke straat. Er was geen tuin, alleen een binnenplaatsje. In de winter moesten ze altijd in de keuken zitten, want er was geen centrale verwarming. Alleen in de keuken kon een kachel branden. Toch waren ze al gauw aan het nieuwe huis gewend.

Dat ze Daddy alleen nog op zondag zagen, maakte niet veel verschil. Vroeger zagen ze hem ook bijna alleen op zondag. Hij moest zo hard werken voor de krant, dat hij meestal pas thuiskwam als zij al sliepen.

Mam ging studeren, dat had ze eigenlijk altijd al willen doen. Het was alleen vervelend dat ze niet zoveel geld meer hadden. Ze moesten erg zuinig zijn, en het was moeilijk om daaraan te wennen.

Al die vijftien jaar dat Mam in Amerika woonde, had ze

heimwee naar Holland gehad. Heimwee is net een vreemde ziekte. Eerst merk je er niet veel van. Maar elk jaar wordt het een klein beetje erger. Het knaagt en het knaagt in je hart, en vreet daar heel langzaam een hol in. Op het laatst gaat dat hol pijn doen en je moet er de hele dag aan denken.
Als Mam erg veel last van heimwee had werd ze heel stil. Ze vergat dat ze het eten klaar moest maken. Ze zag niet dat de kinderen al hun speelgoed op de vloer rondstrooiden. En ze merkte het niet als ze kibbelden, of de buitendeur lieten openstaan. Meestal had Luneige het 't eerst in de gaten als Mam weer zo was. Dan klom ze op haar schoot en zong een zelfgemaakt liedje:

Mammie Mammie
liefste kleine Mammie
I love you
I love you
met je lange neus
met je schattige lange neus
ik bijt een stukje uit je neus
mmm... mmm...
wat een lekkere neus is dat!

Mam hàd een grote neus, niet een lelijke, maar wel een flinke. Het was altijd leuk om haar daar een beetje mee te plagen.
Het gebeurde steeds vaker dat Mam heimwee had. Dan zat ze maar op een stoel en staarde voor zich uit. Als de kinderen er genoeg van kregen om te kibbelen en rotzooi te maken, kwamen ze om haar heen staan en vroegen:
'Vertel eens wat van vroeger, toen je nog klein was? Toen je in Holland woonde, bij Oma?' Want over vroeger praten hielp, dat hadden ze wel gemerkt.
En dan zei Frances tegen Luneige: 'Oma is Mams moeder, weet je.'

'Weet ik heus wel,' zei Luneige. 'Eerst was Mam net zo klein als ik, toen was Mam net zo klein als John, en toen was ze net zo klein als Frances. Nou, en toen kwam ze naar Amerika.'

'En alle mensen in Holland hebben ook zulke neuzen!' zei John. 'Zulke grote neuzen!' En hij wees hoe groot die neuzen waren, helemaal van Mams hoofd tot aan de kast.

'Als ze daar op straat lopen, zegt een meneer tegen een mevrouw: pardon dame, mag ik even onder uw neus door kruipen. Neemt u me niet kwalijk. O, uw neus is achter een boom blijven steken, ik zal u helpen hem los te maken.' John deed net of hij een lange slinger uit de war peuterde, en onder iets door moest kruipen dat van het ene eind van de kamer naar het andere eind hing.

Mam lachte. 'Ach John, wat ben je weer grappig! In Holland hebben de mensen heus net zulke neuzen als de mensen hier. Grote en kleine.'

'Laat Mam nou vertellen,' zei Frances ongeduldig.

In Holland zijn de huizen heel erg schoon, vertelde Mam. De mensen wassen er elke week de ramen. En de brievenbussen glimmen alsof ze van goud zijn. Overal zie je daar bloemen en planten, buiten op straat, en achter de ramen. Bijna iedereen rijdt er op een fiets, en er zijn niet veel auto's op straat. Daardoor is het er veel rustiger dan hier. De klokken van de torens spelen elk uur een wijsje, en de draaiorgels maken muziek... De mensen zijn daarginds erg aardig, ze nemen er de tijd voor om een praatje met je te maken. Je hoeft ook niet bang te zijn bestolen te worden. Er zijn bijna geen dieven. Als daar een keer wordt ingebroken is dat iets heel bijzonders. Je hebt er ook niet al die sloten op de deuren, zoals in onze huizen. Dat is niet nodig.

'Ach, er zal best wel wat veranderd zijn in die vijftien jaar,' zei Mam.

'Er wonen veel mensen in Holland en het is maar een heel·

klein landje. Maar zo vervuild als hier zal het heus niet zijn, met alle auto's en fabrieken. En als je de stad uit gaat dan zie je het land, zo plat als een pannekoek. Je ziet weilanden met boterbloemen en pinksterbloemen, en slootjes met kikkers. Dat is zo mooi! Als het koud is trekken de boeren de koeien jassen aan...'

John en Luneige begonnen te lachen. 'Ja, lachen jullie maar. Je zult het nog wel eens zien. We gaan er vast nog een keer naar toe. Vooruit, nu de rommel opruimen, en vlug wat!'

Mam ging aan het werk bij het aanrecht en zong daarbij een Hollands liedje:

drie kleine kleutertjes
die zaten op een hek!

Luneige kon het liedje ook zingen. Dat klonk zo:

dwie kwleine kwleuteltjes
dij saten op een hwek!

Want Luneige kon de woorden niet zo uitspreken als Mam het deed.

Het heimwee was erger en erger geworden. Daarom besloot Mam terug naar Holland te gaan, en ze nam haar kinderen mee. Daarginds woonden nog zoveel familieleden en vrienden van haar. Die zouden haar vast wel helpen. Want in het begin zou het misschien een beetje moeilijk zijn. Ze moesten daar een huis hebben om in te wonen, en geld om eten te kopen.

Het leukste was dat ze de reis niet met een vliegtuig gingen maken, zoals toeristen doen. Ze gingen met een schip, een klein Pools vrachtschip. Het zou regelrecht van Baltimore naar Amsterdam varen. Er was maar voor een stuk of zes passagiers plaats aan boord.

Arme Daddy. Hij zou voortaan niet meer elke zondag zijn

kinderen kunnen ophalen, en ze meenemen naar zijn eigen huis. Dat was heel verdrietig voor hem. Als hij erg naar ze verlangde, zou hij in een vliegtuig stappen en ze komen opzoeken, had hij gezegd.

Waar bleef Daddy nu toch? Het was al lang twaalf uur geweest, en om één uur moesten ze aan boord zijn.
'We moeten gaan,' zei Mam.
Ze hadden allemaal hun jassen aangetrokken, en stonden op de stoep voor het huis.
'Wij gaan in Daddies auto,' zei John. 'Dat hebben we beloofd.'
'Beloofd is beloofd,' zei Luneige.
'Als hij maar op tijd komt.'
'Vandaag wel.'
Soms kwam Daddy wel eens later dan was afgesproken. Op zondagmorgen versliep hij zich wel eens, als hij tot diep in de nacht gewerkt had. Maar vandaag zou hij vast en zeker niet zo erg veel te laat komen.
Mams vrienden en vriendinnen waren allemaal nogal zenuwachtig. Ze liepen maar heen en weer, en deden de deuren van hun auto's open en weer dicht. Telkens weer omhelsden ze Mam en Frances. De moeder van Stephan had Luneige op haar arm genomen en knuffelde haar. De andere vrouwen zoenden Frances. Ze wilden John ook zoenen, maar John zei: 'Kunnen we daar niet mee wachten tot we bij ons schip zijn?'
Een van de mannen lachte hard. 'Hij heeft gelijk,' riep hij, 'het lijkt wel of wij vertrekken, zo zenuwachtig doen we.'
'Ik ben niet zenuwachtig,' zei John.
'Ik ook helemaal niet,' zei Frances.
'Nu moeten we heus gaan,' zei Mam weer.
'Gaan jullie maar. Wij komen zo. In Daddies auto!' zei John en hij stampvoette een keer op de grond.

'Nu, goed dan. Jullie moeten hier voor het huis blijven wachten. Luneige, blijf bij Frances en John. Als jullie over een half uur niet bij de haven zijn kom ik terug om je op te halen.'
Mam haalde de huissleutel uit haar tas en deed de deur op slot. Ze wilde de sleutel weer in haar tas doen, maar toen begon ze te lachen en ze gaf de sleutel aan de moeder van Stephan. 'Die is nu van jou,' zei ze.
Stephans moeder stopte de sleutel in haar zak. Ze liep naar haar oude Chevrolet en startte de motor. 'Stephan!' riep ze boven het lawaai uit, 'ga jij met ons mee, of blijf je ook wachten?'
'Ik blijf hier,' zei Stephan.
Achter elkaar reden de auto's de straat uit en verdwenen om de hoek.
Het was plotseling vreemd leeg en stil daar buiten. Het begon te regenen. Een paar oude kranten en een kartonnen doos, die op het asfalt lagen, werden langzaam donker en nat.
De kinderen stonden bij elkaar voor het huis. Ze rilden. John voelde dat hij kippevel op zijn rug had. Hij schoof de zwarte gleufhoed wat naar achteren, stak zijn handen in zijn zakken en liep een paar passen heen en weer. Hij floot zachtjes.
'O!' riep hij opeens uit. 'O, wat stom van ons! Pepper, we hebben hem niet daggezegd!'
Ze keken naar het lege huis. De deur was op slot. Ze konden niet meer naar binnen. Er was een groot raam in die deur, aan de binnenkant hing daar een wit gordijn voor. Onder het raam was de brievenbus. Luneige ging op haar knietjes op het stoepje voor de deur zitten en riep door de brievenbus:
'Pepper! Pepper!'
In het huis was het doodstil.
'Pepper! Pepper! Pepper!' riepen ze allevier.
'Hij komt, hij komt!' zei John. 'Hoor...'
Ze hoorden trip-trip-trip van hondepootjes over de houten vloer. Pepper duwde met zijn snuit het gordijn opzij. Hij zette

zijn voorpootjes op de rand van het raam.

'Pepper, dag lieve Pepper, dag lieve lieve Pepper,' zei Luneige.

Ze zaten allemaal gehurkt op het stoepje. Pepper had zijn natte neus tegen het glas aan gedrukt. Zijn ogen keken hen heel bedroefd aan. Langzaam rolden twee dikke tranen langs zijn snuit omlaag, en bleven in het ruige haar onder zijn kin hangen.

'Hij huilt,' zei John met een schorre stem.

Op dat ogenblik kwam Daddies auto de straat in rijden. Daddy bleef achter het stuur zitten en deed van binnenuit de deuren voor hen open.

'Stap vlug in,' zei hij. Zijn stem klonk ook schor.

Frances ging met Luneige op de achterbank zitten, John en Stephan stapten voorin.

'Ben je verkouden?' vroeg John.

'Nee,' zei Daddy.

Ze reden door de straten van Fell's Point, waar ze elk huis en elk stukje stoep zo goed kenden. Hij ziet er wel een beetje verkouden uit, dacht John. Daddy moest een paar maal zijn neus ophalen, en zijn ogen waren rood achter zijn brilleglazen.

Luneige zat haar vader in de achteruitkijkspiegel te bekijken.

'Vandaag lijkt Daddy wel een beetje op Pepper,' zei ze.

'Hou toch je mond,' zei Frances streng.

Luneige zei: 'Nou, ze hebben toch zeker allebei een baard?'

John bedacht dat het wel eens vervelend was om een klein zusje te hebben. Soms zei ze woordelijk wat hijzelf net had gedacht, met dat eigenwijze stemmetje van haar. Hij gaf Stephan een por in zijn zij. Stephan gaf hem een harde por terug.

Ze hoefden niet ver te rijden om bij de kade waar hun schip lag, te komen. ZAKOPANE was met witte letters op de zwarte boeg geschilderd. Misschien was het wel waar dat het maar

een klein vrachtschip was, maar wanneer je er vlakbij stond leek het toch erg groot.

Alle anderen stonden al te wachten en naar ze uit te kijken. Ze hadden de koffers en de tassen vast aan boord gebracht. Nu begon het omhelzen en zoenen pas goed.

John en Stephan gaven elkaar een hand. Ze zwaaiden elkaars armen zo hard heen en weer dat het een beetje pijn deed. Ze zeiden allebei niets.

Daddy had Frances omhelsd en gezoend, en nog eens, en nog eens. Daarna tilde hij Luneige op en streelde over haar hoofdje en haar rug, en zoende haar over haar hele gezicht. Met een diepe zucht zette hij Luneige weer op de grond.

'Dag John,' zei Daddy. Hij sloeg zijn armen om hem heen en drukte hem stevig tegen zich aan. John gaf hem een zoen op zijn baard; hij proefde een zoute traan. Daddy drukte hem nog steviger tegen zich aan. Zonder dat hij het wilde zei John heel zachtjes een keer: 'Au.'

Hij vond het moeilijk zijn vader nu los te laten. 'Dag Dad, dag Dad,' zei John telkens weer. Daddy vond het zelf ook moeilijk. Hij huilde, en John gaf hem weer een zoen, en nog één, en nog één. Hij proefde nog meer zoute tranen.

'Nu dan, John,' zei Daddy, en hij liet hem los. Hij draaide zich om en liep naar Mam toe. Hij gaf Mam een hand, en toen gaf hij haar, heel voorzichtig, een kusje op haar wang. Toen holde hij naar zijn auto. Met een vaart reed hij weg en was verdwenen.

De vriendinnen waren ook allemaal vertrokken, en de kade zag er leeg en verlaten uit. Een koude, vochtige wind blies in hun gezicht.

'Kom,' zei Mam. Ze nam Luneiges handje, en begon de hoge trap op te klimmen, die opzij van het schip hing. Luneige, met Peter-Rabbit onder haar arm, liet zich mee trekken. Achter Luneige klom Frances omhoog, en daarna kwam John. Hij had de zwarte gleufhoed weer op zijn hoofd gezet.

Aan boord van de ZAKOPANE

Zodra ze op het dek stonden, kwam een meneer naar hen toe. Hij had een donker uniform aan met glimmende gouden knopen. De meneer gaf Mam een hand en begon tegen haar te praten in een vreemde taal.

Mam zei in het Engels: 'Ik versta u niet.'

De meneer lachte vriendelijk, alsof hij wilde zeggen: dat geeft niet, hoor! en wenkte dat ze hem moesten volgen. Ze stapten over een hoge drempel van ijzer, en kwamen in een gang.

Het rook vreemd daar binnen in het schip, naar warme tapijten, naar soep, en naar nog iets. Langs de wanden waren houten leuningen. Ze gingen een trap af, en weer een gang door. Zo kwamen ze in de *salon*. Daar liet de meneer hen alleen.

De *salon* was een mooie, vrij grote kamer. De muren waren met hout betimmerd. De halfronde bar glom als een spiegel. Er stonden twee grote ronde tafels met stoelen eromheen, en banken met zachte, donkerblauwe bekleding. Matglazen lampjes verspreidden een gezellig geel licht. Het was er erg warm.

Na een poosje kwam een man binnen die een wit jasje en een zwarte broek aanhad. Zijn zwarte puntschoenen waren glimmend gepoetst. Dat zou wel de steward zijn. Hij legde een wit tafellaken over een van de ronde tafels.

John en Luneige waren bij de tafel gaan zitten. Frances en Mam liepen wat rond en keken naar de foto's die achter glas in de houten betimmering zaten. Het waren foto's van schepen. Toen kwam er alweer een man binnen en dát moest de kapitein zijn.

Je kon zien dat hij de kapitein van het schip was, niet alleen aan de gouden strepen op zijn jas, maar vooral aan de manier waarop hij de kinderen toeknikte, en Mam een hand gaf.

'Welkom, Frau Siegel!' zei de kapitein met een zware basstem. Hij zei nog meer, ook weer in een vreemde taal waar ze niets van konden verstaan. En toen gaf Mam hem antwoord, ook in die taal! Was Mam soms betoverd, dat ze zomaar opeens Pools kon praten?

'Mam, praat jij Pools? Hoe kan dat nou?' vroegen ze. En Luneige aapte Mam na: 'Frau Siegel, biegel de fiegel, zo bro fiedokeldiedo!'

'Houden jullie je mond,' zei Mam streng, 'we praten Duits.' De kapitein had zijn pet afgezet; hij had een bruin verbrand kaal hoofd, dat glom in het lamplicht. Ze gingen allemaal om de tafel zitten, en de steward zette bordjes en kopjes voor hen neer. Daarna kwamen er schalen vol broodjes met vis en met ham, en kleine schaaltjes met vruchtengelei. Luneige en John kregen allebei een glas limonade. Maar voor Frances schonk de steward, net als voor de grote mensen, een kopje koffie in. Frances nam kleine slokjes van de hete koffie en zei: 'Mmm, lekker!'

De kapitein lachte. Als hij lachte kwamen er een heleboel kleine rimpeltjes bij zijn ogen. Hij keek de kinderen met die lachende ogen één voor één aan, en ze zagen dat zijn ogen net zo blauw waren als de hemel op een heldere warme dag in augustus. Misschien worden je ogen wel zo blauw, als je je leven lang over alle zeeën van de wereld zwerft, dachten ze. En ze vonden het jammer dat zij niet langer dan tien dagen op zee zouden zijn, en dat bovendien hun ogen bruin waren.

Ze aten van de broodjes met vis. Die waren erg lekker. John voelde nu pas dat hij een verschrikkelijke honger had. Hij had die morgen ook alleen nog maar wat noten en rozijnen gegeten. Luneige peuterde met haar vingertjes de vis van het brood. Als Luneige iets erg lekker vond ging ze vanzelf zingen. Al kauwend neuriede ze een eentonig wijsje.

De kapitein stond op, zette zijn pet weer op, en keek naar de etende kinderen. Hij lachte weer. John lachte ook en zei: 'Hoi, kapitein!'

De kapitein boog zich over de tafel heen en stak hem zijn hand toe.

John legde zijn hand in de grote hand van de kapitein. Luneige stak ook haar kleine handje uit. Het was vet en kleverig van vis, maar dat kon de kapitein niet schelen. Nadat hij Luneiges handje had gedrukt liep hij om de tafel heen. Voor Frances nam hij zijn pet af en hij maakte een buiging voor haar. Frances stond vlug op. Ze kreeg een kleur als vuur, en stamelde: 'Dag meneer.'

Wat doet die Frances toch gek de laatste tijd, dacht John. Ze is toch de oudste, en kijk eens hoe verlegen ze is. Ja hoor, ze giechelt dat dacht ik wel.

Mam vertelde wat de kapitein gezegd had. Ze mochten overal rondlopen, als ze maar geen kattekwaad uithaalden. Er waren nog een paar passagiers aan boord, een bejaard echtpaar uit Polen, en die moesten ze vooral niet storen. Die mensen hadden hun kinderen opgezocht, die lang geleden naar Amerika geëmigreerd waren. Voor het eerst hadden ze hun kleinkinderen gezien, en hun achterkleinkinderen. Nu gingen ze terug naar hun eigen land. Ze waren al erg oud, en ze zouden hun kinderen wel nooit meer zien.

Frances, John en Luneige holden de trappen op en af, ze liepen door de gangen en keken overal naar binnen. Boven, op het dek, zagen ze het oude Poolse echtpaar staan. Een lange magere vrouw, die heel rechtop stond, met een grote zwarte doek om haar hoofd en schouders. De man was klein, hij was dik en hij had een wollen muts op. Ze stonden naast elkaar bij de reling, en keken naar de huizen en de loodsen op de kade. De kinderen liepen op hun tenen achter hen langs, en holden naar het zijdek.

Daar hingen vier reddingboten, zo hoog dat je er onderdoor kon lopen. Ze probeerden zich voor te stellen hoe het zou zijn, als ze daar eens heel lang in moesten rondzwalken op de oceaan, met niets anders te eten dan droge scheepsbeschuiten.

'Als er een storm komt en het schip vergaat, gaan we in zo'n kleine reddingboot. Die laten de matrozen dan in het water zakken,' zei John tegen Luneige.

Luneige trok een gezicht alsof ze dadelijk wou gaan huilen. 'Ik wil niet in een reddingboot,' zei ze. 'Want hoe moet het dan als ik naar de wc moet?'

Frances troostte haar. 'Als het schip zinkt gaan we met ons vieren in een reddingboot, samen met de kapitein. Ik zal je goed vasthouden hoor, zodat je er niet uitvalt!' zei ze.

'Het schip kan toch niet zinken?'

'Nee hoor, dat gebeurt ook niet.'

'Nou dan. Waarvoor moeten ze dan reddingboten hebben. Laten ze die reddingboten maar wegdoen.'

Maar John zei: 'Het lijkt mij wel leuk, hoor. Lekker spannend. Als we dan gered waren, zou ik Stephan opbellen. En hij zou jaloers zijn, omdat we zoveel meemaken.'

Luneige stak haar neus in de lucht. 'Ik vind dat we wel genoeg meemaken, als we gewoon op reis zijn,' zei ze, en ze trok Frances mee naar de deur met de hoge drempel om weer naar beneden te gaan.

John bleef alleen op het dek. De luiken van het ruim stonden open. Langzaam liet een hijskraan balen en kisten omlaag in het ruim zakken. In het donkere gat in de diepte waren mannen aan het werk bij het licht van lantaarns.

De avond viel vroeg; hier en daar scheen al een licht achter de ramen van de huizen. Op de kade brandden oranje schijnwerpers. De wind bracht vlagen regen mee, en soms wat natte sneeuw. John liep naar de andere kant van het schip. Hier voelde hij de wind niet meer. Hij ging bij de reling staan en keek in het donkere, glanzende water. In de verte kon hij het verkeer horen in de straten van de stad. Het was vreemd stil in de haven. De mannen die op het dek bezig waren, riepen nu en dan iets naar de mannen in het ruim.

De kapitein kwam kijken of het laden goed ging. Zijn laarzen klonken hol op de planken van het dek. John ging naast hem staan, met zijn handen in de zakken van zijn jekker en de zwarte gleufhoed diep over zijn ogen getrokken tegen de koude wind. Met grote stappen liep de kapitein weer weg, en John ging Frances en Luneige zoeken.

Hij zag Luneige wijdbeens in de gang staan, met haar handjes aan de leuning. 'Het schip trilt!' zei ze, 'ik voel het in mijn buikje.'

Het was waar, de ZAKOPANE trilde zachtjes en ergens diep uit haar binnenste klonk een zacht gebrom. De motoren draaiden al.

Er waren twee hutten voor de familie Siegel, één voor Mam en Luneige, en één voor John en Frances. John stak zijn hoofd om de deur van zijn moeders hut. Ze lag op een bed met een boek.

'Dag!' zei John. 'Lees je? Hoe kun je daar nou zin in hebben?' Luneige kroop tegen Mam aan.

'Zou je je jas niet eens uitdoen?' vroeg Mam.

'Ja, nu kan ik mijn jas wel uittrekken,' zei Luneige. Ze stopte Peter-Rabbit in het bed waar zij straks in zou slapen.

'Dag!' zei John weer, 'ik ga maar eens naar mijn eigen hut, hoor.'

Als John het woord 'hut' hoorde moest hij aan iets heel anders denken dan aan de mooie kamer, waarin hij en Frances gedurende de reis zouden slapen. De bedden werden 'kooi' genoemd, en ook daarbij zag hij iets anders voor zich dan een lekker bed met een hoge houten rand. Hij vroeg zich af hoe

lang het zou duren tot hij niet meer een klein lachje in zijn mond voelde komen, elke keer als hij het woord 'hut' of het woord 'kooi' hoorde.

Frances zat aan een burootje te schrijven. Ze had haar koffer al uitgepakt. In haar dagboek schreef ze: ... de ZAKOPANE is een prachtig schip, het mooiste schip dat ik ken. De mensen praten Pools en mijn moeder praat Duits met de kapitein... Ze zoog op haar pen en dacht na. John gaf haar een klap op haar schouder. 'Tevreden, zuster?' vroeg hij. 'Bevalt uw hut u, of had u liever een slaapkamer willen hebben?'

'Hou toch je mond,' zei Frances. 'Ik moet nadenken.'

'Dan ga ik maar weer,' zei John. Hij wilde nog wel een keer het hele schip rondlopen. Eerst kwam hij in de kombuis, waar op een heel groot fornuis grote pannen stonden te stomen. De kok was bezig schaaltjes met pudding te vullen. Hij zei iets in het Pools tegen John, en John zei in het Engels iets terug. Het kon de kok helemaal niets schelen dat ze elkaar niet verstonden, want hij praatte maar door. Toen hij alle schaaltjes gevuld had zette hij ze één voor één in een grote koelkast. John hielp hem door de schaaltjes van de tafel te pakken en ze hem aan te geven. Toen alle schaaltjes in de koelkast stonden deed de kok de zware deur weer dicht. Maar dadelijk maakte hij hem weer open en nam er een schaaltje met pudding uit. Dat gaf hij aan John.

'Voor mij?' vroeg John.

De kok knikte, en John ging op een kruk zitten en at de pudding op. Daarna ging hij weer verder. Hij keek omlaag in de machinekamer, die geweldig groot was en heel diep. Een smal trapje van ijzer ging naar beneden, maar John bleef boven bij de deur staan kijken. Een paar mannen in witte overalls waren aan het werk. Het trillen en ronken dat je door het hele schip kon horen en voelen, was hier wel duizend maal sterker. Hij voelde de warme benauwde lucht van de motoren tegen zijn gezicht.

John ging ook nog een keer naar de stuurhut. Daar was het heel donker en stil. Er was niemand. Het grote houten stuurwiel glansde in het schaarse licht dat van buiten kwam. John hield het stuur met allebei zijn handen vast; zo stond hij een hele poos door het raam over het bewegende water te kijken. De andere schepen die in de haven lagen, waren veel groter dan de ZAKOPANE. Ze lagen daar heel stil, met hun lichtjes.

Hij liep weer de trap af, en de gangen door. Er waren veel deuren. Soms hoorde hij stemmen; daar waren de hutten van de manschappen zeker. Kon hij zich maar onzichtbaar maken, dacht John, dan zou hij hun hutten ook eens kunnen bekijken. Zou hij niet heel even naar binnen gluren, ergens waar het stil was, zodat hij zeker wist dat daar niemand was? En voorzichtig duwde hij een deur op een klein kiertje open. Er brandde licht, en de gordijnen voor de patrijspoorten waren gesloten. De hut was niet erg groot. Een blauwe wolk tabaksrook hing onder het lage plafond. In een paar makkelijke stoelen zaten de kapitein en de stuurman. Dat was de man die hen het eerst begroet had, toen ze pas aan boord waren gekomen. De kapitein had zijn pet naast zich op de vloer gelegd; zijn kale schedel glom in het lamplicht.

Ze waren aan het kaarten.

John dacht: bestaan er heus mensen die weten wat er achter

ze gebeurt, zonder dat zij hun hoofd hoeven om te draaien
en kijken? De kapitein wenkte hem dat hij dichterbij moest
komen, terwijl hij zijn ogen strak gericht hield op de speel-
kaarten die hij in zijn hand hield. Toch wist John zeker dat
de kapitein wist dat hij daar was. Hij ging in een stoel zitten
en keek naar het spel. Het was een soort poker, dat hij met
Stephan ook vaak gespeeld had.

Toen het spel uit was pakte John de kaarten en schudde ze.
Daar was hij heel handig in, en hij wist verschillende manie-
ren om kaarten te schudden. Hij deelde ze uit, en zonder erbij
na te denken, gaf hij zichzelf ook. De twee mannen glimlach-
ten, maar ze zeiden niets. Met ernstige gezichten begonnen
ze weer te spelen. Er werd al die tijd geen woord gewisseld.

41

Bij het avondeten voelden ze zich allemaal moe, alsof ze al een lange reis achter de rug hadden. En toch was de reis eigenlijk nog niet eens begonnen. De *salon* was vol; de officieren aten aan de ene ronde tafel, de passagiers aan de andere. Alleen het tikken van de lepels in de borden hoorde je.

De oude Poolse dame keek heel treurig. Ze nam alleen een paar hapjes van haar soep. Stilletjes bleef ze aan tafel zitten tot de anderen klaar waren met eten. Haar man at veel, maar hij zei niets. Luneige zat met grote ogen naar ze te kijken, maar dat schenen ze niet te merken. Dadelijk na het diner gingen ze naar hun hut.

Pas tegen middernacht zou de ZAKOPANE het anker lichten. Er is veel te doen aan boord van een schip, voordat het klaar is voor een grote reis.

John en Frances lagen al in hun kooien. Het was nog vroeg, maar ze hadden een gevoel alsof ze al tien dagen gereisd hadden. Het was mooi en gezellig in hun hut, met een burootje en een lage tafel, en twee luie stoelen. Op de bedden lagen gebloemde donsdekken, en voor de patrijspoort hing een gordijntje van dezelfde gebloemde stof. Er was ook een douche met een wc, alleen voor hun tweeën. Daar lieten ze het licht branden, en ze zetten de deur op een kier. Zo was het niet zo erg donker in die vreemde slaapkamer.

Van het zachte gebrom van de motoren werden ze soezerig. De bedden trilden een beetje mee. Nog eventjes lagen ze te praten. Middenin een zin waren ze opeens stil.

In de hut daarnaast was het ook stil. Luneige sliep. Peter-Rabbit lag met zijn kop onder de dekens en zijn poten op het kussen. In het andere bed lag Mam en las in een boek.

Luneige droomde. 'Pepper, kom hier!' riep ze in haar slaap. 'Peppertje, niet huilen, stoute hond!' Ze draaide met haar hoofdje in het kussen, en werd weer stil. Mam sloeg twee bladzijden van haar boek tegelijk om. Ze merkte er niets van.

In de nacht hield het op te regenen. Er stak een harde wind op, die de wolken uiteen dreef en hier en daar een stukje van de hemel schoon veegde. Een paar sterren schenen tussen de voorbij zeilende wolkenflarden door.

John was wakker, maar niet helemaal. Hij hield zijn ogen dicht en dacht: Ik ben op een boot. Nee, toch niet, ik droom dat ik op een boot ben. Hij voelde hoe zijn bed heel langzaam omhoog ging... en omlaag... omhoog... omlaag... En meteen was hij klaar wakker.

Vlug gooide hij zijn benen over de hoge houten rand en riep: 'Frances, we varen!'

Frances kreunde een keer en sliep rustig door. In het halfdonker liep John naar de patrijspoort. Hij schoof het gordijntje opzij en keek naar buiten.

Het was een donkere nacht, maar in de verte was een brede strook licht. Daar waren duizenden schitterende lichtjes, van huizen en benzinestations, van straatlantaarns en wegrestaurants, in een golvende lijn langs de kust. Er waren ook gele strepen licht van auto's, die op een weg reden. Dichtbij was het zwarte water dat glansde en bewoog, en waarin de lichten van de ZAKOPANE weerspiegeld werden en met het schip meevoeren.

John trok zijn trui en zijn broek over zijn pyjama, en zijn sokken en laarzen. Hij wist nu de weg, en regelrecht liep hij naar de stuurhut. Een matroos stond achter het wiel en hield het met beide handen losjes vast. John ging naast hem staan. Ze keken uit over het water, met aan de ene kant die baan van licht, die hij al vanuit zijn hut had gezien. Aan de andere kant was, heel in de verte, de vaag verlichte streep van de andere oever te zien. Vóór hen was het wijde water, zwart en geheimzinnig.

Door een luidspreker klonk de stem van de kapitein, die vanaf de brug aanwijzingen gaf aan de mannen in de machinekamer, en aan de roerganger in de stuurhut. De matroos draaide aan het wiel met zijn ogen op het staande kompas naast hem gericht.

'De Chespeake Baai,' zei John, en wees recht vooruit.

De matroos knikte zonder iets te zeggen.

Hoe lang John daar in de donkere nacht over het water stond te kijken wist hij niet meer. Een hele poos later kwam de kapitein binnen. Hij praatte met de matroos, zweeg een tijdlang, zei toen nog iets en wilde weer weggaan. Hij draaide zich om, legde zijn hand op Johns schouder, en duwde hem voor zich uit. Achter elkaar klommen ze een smal steil trapje op dat uitkwam op de brug. Aan alle kanten was glas.

Hier waren ze heel hoog boven het dek en boven het water. Bij een schrijftafel aan de kant van de boeg stonden een paar stoelen. John ging zitten. Zijn benen waren een beetje moe, maar hij had geen slaap. De kapitein was met kaarten en papieren in de weer. De steward kwam binnen om de kapitein een kop koffie te brengen. De kapitein zei iets tegen hem en even later kwam hij terug en bracht ook een kop koffie voor John. Voordat John die nacht op de brug van de ZAKOPANE was geweest had hij koffie nooit lekker gevonden. Nu smaakte het best. De kapitein stak een sigaar op, en de blauwe rook kringelde boven hun hoofd en bleef als een dunne deken hangen.

De Chespeake Baai is vele mijlen lang. Waar de Gunpowderrivier en de Patapscorivier in de baai uitmonden, is de stad Baltimore gebouwd. Ze hadden al acht uur gevaren, toen ze zagen hoe de baai al breder en breder werd. Van één oever was al bijna niets meer te zien. Ook de andere oever week verder en verder weg, en na een poos zagen ze daar alleen nog een paar flauw twinkelende lichtjes. En juist toen ze aan alle kanten niets dan water zagen, werd recht voor hen uit de hemel een beetje lichter van kleur. Daar kwam de zon achter de wolken op.

De meeuwen waren ook wakker geworden. Waar hadden ze

geslapen? Krijsend vlogen ze om de boegspriet heen. Sommigen lieten zich op het water meedrijven, of hielden zich met trillende staartveren in evenwicht op de reling. De hulpkok liep op het voordek. Van zo hoog leek hij maar heel klein. Hij gooide uit een ton afval in het water. De meeuwen stortten zich vechtend en schreeuwend op de drijvende etensresten. De lucht en de zee veranderden van kleur. Op de korte golven waren randen van wit schuim gekomen. De Atlantische Oceaan lag voor hen. De kapitein zei iets in de microfoon. Beneden in de stuurhut draaide de matroos aan het wiel. De ZAKOPANE beschreef een flauwe bocht en zette koers naar oostnoordoost.

Aan boord van een schip hoef je je nooit te vervelen, dat hadden ze al gauw ontdekt. Met warme kleren aan en wollen mutsen op konden Frances, John en Luneige op het dek spelen. En als ze niets meer te spelen wisten, keken ze over de reling naar de lange strepen woest kolkend schuim, die de ZAKOPANE door de oceaan trok. Het regende vaak. Dan zaten ze uren achter elkaar monopoly te spelen aan de grote ronde tafel in de *salon*. Als het spel nog niet uit was wanneer er gegeten moest worden, legden ze alles op een van de donkerblauwe banken langs de wand.
Soms kwam de oude Poolse dame een poos bij hen zitten en keek naar het spel. Haar gezicht stond niet zo erg droevig meer. De deksel met het papieren geld erin lag voor haar, en na een paar keer toekijken begreep zij hoe ze de kas moest houden. De Poolse dame verstond maar een paar woorden Engels, maar vaak als Luneige iets zei, of een liedje zong, glimlachte ze.
Ze maakten ook veel tekeningen. Na een paar dagen hingen hun tekeningen in alle hutten, in de kombuis en zelfs op de brug. Want ze gaven ze allemaal weg, aan de kok en de hulpkok, aan de stuurman en de matrozen, aan de Poolse dame

en aan de kapitein. Ze tekenden het schip op de golven, hun oude huis in Fell's Point, en Pepper, en Daddy die naast zijn auto stond, en de kapitein met zijn pet en een sigaar.

In de gang waar de hutten van de passagiers waren, was ook een kleine *pantry*. Dat is een soort keukentje. De passagiers mochten, wanneer ze ergens trek in hadden, daar zelf iets te eten maken. Er was een koelkast met van alles erin, en ook een gaskomfoor en een koffiezetmachine.

Op een avond, toen het heel stil was en het leek of iedereen sliep, waren John en Frances nog wakker. Natuurlijk waren niet alle mensen aan boord in slaap, want in elk geval waren de matrozen van de wacht, de officier die dienst had, de radiotelegrafist en de roerganger nog wakker.

Frances zei: 'Ik heb zo'n honger.'

'Ik niet,' zei John. 'Maar ik wil wel wat uit de *pantry* voor je halen.'

'Dat doe ik zelf wel.'

'Dan ga ik met je mee.'

Ze klommen uit hun kooien en slopen op kousevoeten door de gang. In het kleine keukentje deden ze het licht aan en keken in de koelkast.

'Ha!' zei Frances, 'Aardappelsla! En makreel, en kaas, en een stuk worst!'

Ze stalde alles uit op de tafel en begon te eten. 'Wil jij niets?' vroeg ze met een volle mond.

'Ik ben niet zo'n vreetzak als jij,' zei John. 'Als je zo doorgaat word je zo dik als een volgestopte kalkoen.'

'Ik ben in de groei,' zei Frances.

'Ja, dat zie ik. Het is alleen zo jammer dat je niet meer in de lengte groeit, maar nog wel in de breedte en de diepte.'

'Hoe groei ik dan in de diepte?'

'Kijk maar eens achterom, dan zie je wel wat ik bedoel.'

Frances schudde haar lange haar uit haar gezicht, en haalde haar schouders op. ' 't Zou verstandig zijn als jij ook wat at,' zei ze, 'je wilt toch zeker niet altijd zo klein blijven als je nu bent?'

Om Frances gezelschap te houden at John een paar biskwietjes en een banaan. Het kon Frances niet schelen als ze geplaagd werd dat ze dik werd. Ze hield nu eenmaal van eten, en ze vond alles lekker.

'Zullen we een ei bakken?' vroeg ze, nadat ze ook nog een potje yoghurt had leeggelikt.

'Goed. Ik bak mijn eigen ei.'

De boter smolt in de pan en het ging lekker ruiken in de kleine *pantry*. Nadat ze de eieren opgegeten hadden, spoelde Frances de bordjes en schaaltjes af onder de hete kraan. John droogde af en ruimde op.

'Ik heb geen zin om alweer naar bed te gaan,' zei hij.

'Ik ook niet,' zei Frances.

'Dan gaan we niet naar bed.'

Ze stopten nog een paar koekjes in hun zakken, en liepen, zachtjes op hun tenen, de trap op. Daarna gingen ze de gang door naar de *salon*. De ZAKOPANE klom omhoog op de golven en daalde, klom en daalde...

'Oei!' riep Frances, 'daar ging ik bijna!' Ze greep de leuning langs de muur beet. 'Ik geloof dat ik toch een beetje slaap heb, ik sta niet zo vast op mijn benen vandaag.'

'Ssst!' fluisterde John. 'Vannacht, bedoel je. Maak niet zo'n lawaai.' In de *salon* was het warm en gezellig. Een regenbui kletterde tegen de raampjes. Ook toen ze bij de tafel zaten voelden ze de beweging van het schip meer dan anders. Het was wel een lekker gevoel.

'Wat zullen we doen?'

'Laten we spelen dat we aankomen in Amsterdam.'

'Ja, goed. Ik was Oma en jij was gewoon John.'

'Nee, jij was Oma, en ik was Mam.'

'Ook goed.' En Frances zei: 'Dag kind, wat fijn dat je er bent! Hebben jullie een goede reis gehad? O, en daar zijn de kinde-

ren. Wat een lieve kinderen, zeg. En wat zijn ze al groot!'
'Ja, de reis ging goed. Dag Oma.'
'Je moet 'dag moeder' zeggen.'
'O ja. Dag moeder! En nu gaven we elkaar een zoen.' Ze omhelsden elkaar, en John zei: 'Het was een prachtige reis. We zijn zo blij dat we nu in Amsterdam zijn. De kinderen zijn erg lief geweest onderweg. Vooral John. En hoe vind je die dikke Frances? Ziet ze er niet snoezig uit?'
'O, heel snoezig. Wat zijn het lieve kinderen.' Frances giechelde. En opeens hadden ze geen zin meer in het spelletje.

Ze bleven nog een poos in de *salon* zitten en praatten over van alles en nog wat. Hoe zou het op school zijn in dat vreemde land? Wat moesten ze beginnen als de onderwijzer hen niet goed kon verstaan, en de Hollandse kinderen helemaal niet? Het was spannend, en ook een beetje griezelig. Zouden de onderwijzers je slaan met een lat, als je vervelend was?

'Laten we oefenen in Hollands praten,' stelde Frances voor. Een paar Hollandse woorden kenden ze al.

'Dag!' zei John in het Hollands. 'Hoe gaat het met jou?'

'Dag! Hoe gaat het met jou?' vroeg Frances ook. 'Hoe laat is het?'

'Weet ik niet,' zei John in het Engels. En in het Hollands: 'Dit is lekker.'

'Dank je wel!' zei Frances. Meer konden ze nog niet zeggen in die vreemde taal.

Wanneer je 's nachts niet veel slaapt, haal je dat vanzelf wel weer in. John en Frances sliepen dan ook de volgende morgen een gat in de dag. John was heel verbaasd dat iemand hem tegen de hoge rand van zijn bed aan duwde, toen hij wakker werd. Even later lag hij tegen de muur aan gedrukt. Dat ging zomaar vanzelf.

'John, ik voel me niet lekker. Wil je een beetje water voor me halen?' hoorde hij Frances met een benauwd stemmetje vragen.

'Je eigen schuld,' zei John. 'Je hebt je vannacht zo vol zitten proppen dat je niet meer overeind kunt komen. Als je straks in de deur blijft steken, mag ik dan je achterpoten als handdoekrekje gebruiken?'

'Hè, wat ben je weer leuk. Ik ben Winnie de Poeh niet! O, toe nou John, wees eens mijn aardigste broertje en haal een beetje water.'

'Ik bén toch je aardigste broertje, want je hebt er maar één,' zei John. 'Vooruit dan maar!' En hij stapte uit zijn bed.

Voordat hij zijn voet op de vloer had, rolde hij achterover zijn bed weer in. Dus stapte hij nog een keer uit zijn bed. En zat op de vloer. De hut helde naar één kant. Een paar potloden die op het burootje lagen, vielen eraf en rolden weg. Omhoog ging de vloer toen, en de potloden rolden terug. De kleerhangers in de kast schoven over de roe heen en weer met een ratelend geluid.

John kroop op zijn knieën naar de wc. Daar ging hij rechtop staan en hield zich vast aan de wasbak. De deur zwaaide open en dicht. Hij liet een glas vol water lopen en deed een paar stappen. Het glas was leeg, en het water kroop in het vloerkleed.

Hij ging weer terug, en opnieuw vulde hij het glas met water. Zittend op de vloer kroop hij, met het glas in zijn hand, naar het bed van Frances. Hij hield het steeds zo dat het water er niet overheen ging. 'Alsjeblieft,' zei hij.

Frances steunde op een elleboog. Hoeps! daar vloog al het water over de dekens. 'O,o,o,' kreunde Frances.

Ze liet zich op de grond rollen en begon naar de wc toe te kruipen. Daar bleef ze een hele tijd. Ze spuugde, en ze spuugde, en toen haar maag al lang leeg was spuugde ze nog. Langzaam kroop ze terug naar haar bed. 'O,o,o,' kreunde ze nog eens. Haar neus en haar wangen hadden een vreemde witte kleur.

Mam keek naar binnen. Ze hield zich aan de deurpost vast. 'Het waait hard,' zei ze, 'Luneige is al zeeziek. Hoe gaat het hier?'

'Ik heb overgegeven,' zei Frances heel zachtjes van onder de dekens.

'Jij ook al?' zei Mam. 'Ik denk dat iedereen zich vandaag een beetje ziek zal voelen. Ik zal je zo thee met beschuit brengen, even geduld, lieverd.'

'Ik ben niet zeeziek!' riep John, en hij begon zich aan te kleden.

Lopen was erg lastig, maar het lukte als hij zich goed vasthield. En ziek was hij niet; hij had geen naar gevoel in zijn maag, hij was helemaal niet misselijk. Wat ging de ZAKOPANE tekeer! De muren en de vloeren waren nooit eens zoals ze eigenlijk hoorden; ze helden dan naar deze kant en dan weer naar die. Het was maar goed dat ook in de wc en in de douche handvatten aan de muren zaten om je vast te houden.

In de *salon* was niemand te zien. Om de tafels was nu een opstaande rand, zodat de borden er niet af konden glijden. In de kast achter de bar rinkelden de flessen en de glazen. John ging op zijn knieën op een bank zitten en drukte zijn neus tegen het koude glas van de patrijspoort. Als hij zich goed vasthield kon hij zo wel blijven zitten. Een golf sloeg tegen het glas aan, en een tijdlang was daar buiten niets meer te zien dan een grijze massa water. We varen onder water, dacht John, stel je voor dat we altijd onder water blijven... En hij tuurde door het glas of hij soms een vis zag, of een gezonken schip.

Al gauw klom het schip weer omhoog, en reed bovenop een hoge golf. Nu kon hij heel ver over de zee uitkijken. Overal zag hij golven, golven zo hoog als huizen. Het leek of elke golf probeerde nog hoger dan de andere te komen. Als dat niet lukte stortte hij zich woedend in de diepte, met krullen van

50

wit spattend schuim. De ZAKOPANE moest mee met de golf, of hij wilde of niet, en bam! dook het schip omlaag. Weer bedekte die vuile zwartgrijze watermassa het ruitje.

John kreeg er niet genoeg van naar buiten te kijken. Elke keer als het schip omhoog werd getild kon hij ver over de golven kijken. Het was een prachtig gezicht. Diepgroen was het water, en soms zwart. Daarboven joegen donkere wolken in razende vaart langs de hemel. Alles bewoog.

Omdat zijn maag knorde van de honger besloot John om maar eens in de kombuis te gaan kijken. De hulpkok zat met een bleek gezicht aardappels te schillen. De kok smeerde broodjes. Met een knikje naar de zeezieke hulpkok gaf hij John een knipoog. John knipoogde terug.

De kok stapelde de broodjes op een blad en zette er een kan met koffie en een paar kopjes naast. John hield de deur voor hem open. Samen liepen ze de lange gang van het op en neer zwalkende schip door. Je moest wel een acrobaat zijn om met dat blad in je handen daar te kunnen lopen, zonder een druppel te morsen en zonder dat er ook maar één broodje afgleed. Ze klommen het smalle trapje naar de brug op.

Daarboven voelden ze het stampen en slingeren nog veel erger. De kapitein en de stuurman zaten rustig te praten en sigaren te roken. Ze gingen door met praten en roken terwijl ze van de broodjes aten en koffie dronken. John nam ook een broodje. Hij dronk van de sterke, zwarte koffie, en at nog twee broodjes op. Intussen hield hij zich aan de schrijftafel vast en keek naar buiten.

Wat was de zee woest! Tussen die hoge golven leek de ZAKOPANE maar een heel klein bootje. Hij helde erg naar stuurboord. Telkens verdween hij met zijn voorsteven in het kolkende water, dat over de dekken heen sloeg. Het water spatte zo hoog op dat het helemaal tegen de ramen van de brug kletterde. Maar even later kwam de boeg weer te voorschijn, en daar gingen ze weer bovenop de volgende aanrollende golf. Nooit was de horizon in de verte zoals die moest zijn. Nu ging hij eens schuin naar links, dan weer naar rechts.

De wind gierde om de masten en om de radar, en floot hoog en snerpend in de stalen kabels.

Over het dek waren touwen gespannen. Een paar mannen in oliegoed kropen daar voetje voor voetje langs. Ze controleerden de reddingboten. Elke keer als een golf over het dek heen sloeg, draaiden zij zich met de rug naar het aanstormende water en zetten zich schrap. Het was gevaarlijk werk. John voelde zich opgelucht toen ze ermee klaar waren, en snel door een deur verdewnen.

Een paar keer kwam de zon tussen de wolken door, en de zee kreeg een wonderlijke groene kleur. De druppels op de ramen fonkelden; John kneep zijn ogen dicht als hij naar buiten keek. Met een doek wreef hij de ramen droog, want die waren telkens zo beslagen dat je er niet meer door kon kijken. De wind bulderde. Grote zwarte wolken pakten samen. Een regenbui kletterde op het schip, een paar minuten maar. Toen werd de lucht nog donkerder, en grote hagelstenen roffelden op het dak van de brug. Ze sloegen op het dek en sprongen weer omhoog, tot een golf over de planken sloeg en de hagelstenen wegveegde.

John bleef die hele morgen boven bij de kapitein. Om één uur kwam de tweede stuurman hen aflossen. Ze gingen naar beneden om te eten; aardappels en rundvlees. Er was niemand anders in de *salon*. Het lawaai van de storm klonk hier iets minder hard. Ze moesten hun bord vasthouden, om ervoor te zorgen dat het eten erop bleef liggen. Een fles met ketchup vloog van de tafel, en pats! daar sloeg hij stuk tegen de muur naast de bar. De kapitein en de stuurman keken niet eens op toen dat gebeurde. Ze waren aan zulke dingen wel gewend. De rode ketchup droop langzaam omlaag.

John dacht: dit is de ergste storm die er ooit geweest is. We zijn vast in levensgevaar, en toch ben ik helemaal niet bang.

Maar toen hij naar de kapitein keek, die heel kalm de ene aardappel na de andere in zijn mond stak, dacht hij: zou het misschien toch alleen maar een beetje harde wind zijn?

Maar het was wél een storm. Midden op de Atlantische Oceaan woedde zelfs een orkaan, en daar waren al twee schepen vergaan.

De kapitein van de ZAKOPANE kende zijn schip van de kleinste klinknagel, diep in het ruim, tot het aan flarden gescheurde vaantje bovenin de mast. De lading zou niet gaan schuiven, dat wist hij. Want hij had er zelf op toegezien dat er goed gestouwd werd. Al meer dan twintig jaar voer hij met dat kleine schip over alle zeeën van de wereld. Hij wist al lang dat je niet zonder gevaar dwars door een orkaan kunt varen. De sterke golven duwden tegen de ZAKOPANE aan, waardoor hij aan stuurboordzijde erg opzij helde. Als de wind en de golven nog harder tegen hem zouden aanduwen, zou hij zo erg opzij hellen dat hij kon kapseizen. Die dingen gebeuren nu eenmaal.

De kapitein liep naar de stuurhut en wees op het kompas aan welke koers hij wilde varen. Met een grote boog zouden ze om de orkaan heen gaan, eerst naar het zuiden en later, langs de kust van Afrika, naar het noorden. De reis zou langer duren, maar tegen de orkaan in ging het zeker niet sneller. En dat was veel gevaarlijker.

De storm duurde tien dagen. Al die tijd mochten de passagiers niet aan dek komen. Tien dagen lang lagen zij versuft en verzwakt in hun kooien, ze konden geen hapje eten in hun maag houden. De kleine Luneige werd zo mager en bleek, dat ze gedragen moest worden wanneer ze even uit bed mocht. Mam, die telkens ook misselijk was, bracht koppen thee en beschuiten rond. Frances was nog erger ziek dan Luneige. Zelfs de beschuiten spuugde ze weer uit.

'Ik vind het niet erg om slank te worden,' zei ze op een morgen tegen John, 'maar als ik alléén nog botten heb, met een

vel eromheen ... ik ben zo bang dat het er gek uit zal zien ...'
John stelde haar gerust. 'Als je weer normaal bent, ben je
in twee dagen weer net zo vet,' zei hij, 'en ik zal een ei voor
je bakken zo gauw de zee een beetje rustig is.'
'Oeah! praat niet over ei!'
John liep de hut weer uit. Hij hoefde zich niet eens meer
aldoor vast te houden, want hij had ontdekt hoe hij, door met
zijn benen steeds zijn gewicht te verdelen, in evenwicht kon
blijven. Zeebenen had hij nu, echte zeebenen. De hele dag
had hij het druk. Hij bracht briefjes met boodschappen rond,
of hij hielp de kok met het eten klaarmaken, of hij bracht
broodjes naar de brug en wreef de ramen schoon. Hij kreeg
er nooit genoeg van om daar naar de woeste zee te kijken.
Zo lang ze in een wijde boog om de orkaan heen voeren hield
de storm aan. Zelfs toen ze al dichtbij de kust van Afrika kwamen, werd de zee nog niet kalmer. Regenvlagen striemden
het grauwe water en kletterden tegen de ruiten. Soms streek
een vogel op het schip neer, die in de storm verdwaald was.
Doorweekt en verkleumd zat hij te bibberen op de reling, tot
weer een golf kwam aanrollen en hij een hoger plekje moest
opzoeken om eventjes uit te rusten. Na een paar minuten was
de vogel dan weer verdwenen, meegezogen door de wind.
Eindelijk dan toch, met twee weken vertraging, kwamen ze
in het Kanaal. De storm was gaan liggen, maar de zee was
nog woelig. De passagiers klommen aan dek en zogen de frisse lucht in. De oude Poolse dame was nog dunner en bleker
geworden. Ze hield de arm van haar man met allebei haar
handen vast, alsof ze bang was dat ze zou worden weggebla-
zen. Toen ze de kinderen zag keek ze hen blij aan en lachte.
Het einde van de reis naderde. Nog altijd was er niets dan
zee te zien, maar ze wisten dat het onbekende land onzichtbaar dichterbij kwam.
Het oude vertrouwde Amerika leek heel ver weg.
John en Frances en Luneige stonden op de voorplecht. De

koude wind blies hun haren uit hun gezicht, maar dat hinder-
de niet. Aan stangen en draden hingen grote druppels te
glanzen. De grauwe lucht was dreigend.
'Ik wou dat we altijd op reis konden blijven,' zei John.
'Altijd op reis, hoe kan dat nou?' vroeg Luneige.
'Ik heb geen zin in vreemde mensen,' zei John. 'Daarom.'
Frances zei: 'Ik ook niet. Maar we zijn toch ook altijd met
onszelf.'
Opeens kletterde alweer een regenbui op de ijzeren luiken.
Ze holden naar binnen, en de trap af naar de warme *salon*.

Het laatste stuk van de reis legde de ZAKOPANE 's nachts af.
Zo kwam het dat ze het land en de stad, waar Mam zo naar
had verlangd, hadden bereikt zonder dat ze het hadden gemerkt. Toen ze wakker werden, lag het schip stil.

Oma's huis

Ze keken omlaag naar de kade. Daar beneden stond een vrouw, die op en neer begon te springen en enthousiast met allebei haar armen zwaaide. Ze was heel klein, of leek dat maar zo?
'Kijk, kijk, Oma! Daar is oma!' wees Mam. 'Denk erom dat jullie Oma tegen haar zeggen, dat is Hollands voor Grandma.' En ze riep heel hard: 'Dag Moeder!'
Oma riep ook iets, maar ze verstonden het niet. De afstand was te groot, en daarom zwaaiden ze alleen maar.
De luiken werden opengedraaid, en een hijskraan reed langzaam langs het schip. Het lossen kon al beginnen. Het werk was nog maar net begonnen toen ze al een kist, waar met witte letters SIEGEL op stond, door de lucht zagen zweven. Maar zijzelf mochten nog niet van boord gaan; ze moesten wachten op de douane. De trap, waarlangs ze aan boord waren gekomen, werd weer opzij aan het schip gehaakt. Een paar mannen met tassen klommen omhoog. En daar kwam Oma ook, zomaar achter die twee mannen aan!
'Kind, kind!' riep Oma, en ze sloot Mam in haar armen. Mam moest zich bukken om Oma een zoen te geven, want Oma was echt erg klein. Frances en John konden haar met gemak op haar wangen zoenen, alleen voor Luneige moest Oma zich bukken. Ze had een kleur van opwinding.
Oma praatte Engels. Dat klonk grappig, want Oma praatte Engels met een Hollands accent. 'Wat ben ik blij, wat ben ik blij!' zei ze. 'Eindelijk zie ik mijn kleinkinderen. Wat heeft de reis lang geduurd! En wat heeft het hard gestormd! Ik ben

zo ongerust geweest!'

John trok aan Oma's mouw. Hij zei: 'Toen het zo stormde, Oma, ben ik aldoor bij de kapitein op de brug geweest. Ik was helemaal niet zeeziek, en de anderen allemaal wel.'

'Ja, ja,' zei Oma, 'wat leuk. Wat ben je groot voor je leeftijd. Zeg, je eet zeker veel, hè John?'

Luneige trok aan Oma's arm en riep: 'Oma, kun je in Holland wel snoepjes kopen? We hebben geen Hollands geld, Mam moet ons Hollands zakgeld geven, hè Oma?'

Oma streelde Luneiges wang en zei: 'Ja, ja, alles komt in orde, hoor. Wat heb je een mooi konijn, hoe heet-ie?'

'Peter-Rabbit,' zei Luneige.

Frances had nog niets gezegd. Ze stond een eindje van de anderen af, en keek verlegen naar Oma. Nu praatten Mam en Oma samen Hollands, en ze kon er geen woord van verstaan. Het was een gekke taal, hij klonk heel vreemd en leek op geen enkele andere taal die ze wel eens gehoord had. Niet op Pools, niet op Frans, zelfs niet op Duits.

'Gaan we nou, gaan we nou, gaan we nou,' jengelde Luneige. Oma en Mam praatten maar door. Als Oma praatte klonk het net als wanneer een heleboel vogeltjes boven in de boom zitten te kwetteren. Oma keek naar Frances en zei iets tegen Mam. Mam keek ook, en zei ook iets. Ze praten over mij, dacht Frances.

De stuurman kwam Mam waarschuwen dat ze allemaal naar hun hut moesten gaan. Zo dadelijk zou de douane komen om de paspoorten en de koffers te controleren. Dat was leuk voor Oma, nu kon zij ook de hutten bekijken.

Ze zaten te wachten, en Luneige zei: 'O, Mammie, als de meneer van de douane het maar goed vindt dat jij in Holland komt. Misschien mogen er geen mensen met zulke neuzen komen!'

'Wat bedoelt ze daarmee?' vroeg Oma.

'O, niets...'

En John zei: 'Stom van ons dat we niet een extra paspoort voor je neus hebben genomen, Mam. Dan zou de meneer van de douane zeggen: loopt u maar door, mevrouw, en u, neus, komt u ook maar!'

'Gewoonlijk loop ik mijn neus achterna, John, en niet andersom,' zei Mam, en ze stak haar neus fier in de lucht.

Maar de man van de douane lette niet op neuzen. Hij keek ook niet naar de tassen en de koffers. Alleen de paspoorten wilde hij zien, die bekeek hij van begin tot eind en van achteren naar voren. Hij vroeg Mam iets, in het Hollands, en Mam gaf ook in het Hollands antwoord. Toen vroeg hij weer iets, en Mam gaf antwoord met een erge boze stem. John en Frances zaten er met geschrokken gezichten bij. Waarom was Mam zo boos? Mochten ze misschien het land niet in, en moesten ze dan weer terug naar Amerika varen? Konden ze maar verstaan wat er gezegd werd!

Luneige riep vrolijk: 'Je neus, je neus, zie je nu wel, je neus!'

'Houden jullie even je mond, zeg,' zei Mam, in het Engels maar nog steeds boos. Daarna praatte ze weer een hele tijd Hollands tegen de meneer van de douane. Zijn gezicht werd al zuurder en zuurder, maar eindelijk haalde hij toch zijn schouders op en zette met een driftig gebaar in alle vier de paspoorten een stempel. Hij keek erbij alsof hij wilde zeggen: tja, ik kan er verder ook niets aan doen, mijn schuld is het niet...

'Wat was er?' vroegen ze, zodra de douaneman weg was.

'Niets, niets, het is in orde.'

'Zeg het nou. Er was toch iets?'

'Alles is in orde, zeur niet zo.'

Maar later, toen ze in een taxi door Amsterdam reden en Mam haar gezicht in het zachte haar van Luneige, die op haar schoot zat, verborg, zei Frances: 'Mam, vertel nu wat er met de douane was. Waarom was je zo boos?'

'Dat is helemaal niet belangrijk.'

'We mogen het toch wel weten?'

Mam zuchtte, en toen begon ze te lachen. Ze vertelde: 'Die meneer vroeg of we wel een huis hebben om in te wonen in Holland. Ik zei: "nee." En toen vroeg hij of ik werk heb, of geld. En ik zei weer: "nee." "Dan zou ik u er niet moeten in laten," zie hij toen. "Het is verschrikkelijk, maar er is niets aan te doen!" Wat een geluk dat ik een Nederlands paspoort heb, en nooit Amerikaanse ben geworden. Anders was het ons niet eens gelukt!'

'Wat gek,' zei John, 'maar als hij het niet goed vond had ik de kapitein erbij gehaald. Of anders waren we mee gegaan naar Polen. Dat zou ook leuk zijn.' Mam en Oma lachten allebei.

Intussen keken ze naar de straten van Amsterdam. Er was zoveel te zien, dat ze bijna niets zagen. De trams, en al die kleine autootjes, en mensen op fietsen, en bloemenverkopers, en straten met bruggen en water. Je werd er moe van om naar al die vreemde dingen te kijken.

Dat Oma in een klein huis woonde, wisten ze al, want dat had ze wel eens geschreven. Maar dat het zó klein was hadden ze niet gedacht. Het leek wel wat op een poppenhuis.

Eerst klommen ze drie hoge steile trappen op. Toen kwamen ze in een kamer. De kamer was zo vol met meubels dat er haast geen ruimte overbleef om te lopen. Op de vensterbanken stonden bloeiende planten, en er hingen witte gordijnen met geplooide randen voor de ramen. De kamer was vol, maar wel erg mooi. De grote oude meubels waren vooral erg mooi. Het hout glom, de bekleding was heel zacht, en als je in zo'n grote stoel ging zitten zakte je heel diep weg. Het leek net of je dan veel kleiner werd. Op de schoorsteenmantel stonden foto's in zilveren en goudkleurige lijstjes. Foto's van henzelf, en ook een foto van Opa, die een paar jaar geleden gestorven was. Die foto kenden ze wel, want Mam had er ook één in haar fotoalbum.

Naast die kamer was een heel klein kamertje. Daar sliep Oma. Een bed, een stoel en een kast namen alle ruimte in. Niet meer dan één mens kon in het kamertje staan, en dan was het al vol. 'Behalve als we op het bed gaan zitten,' zei John dadelijk, 'dan kunnen we er wel allemaal in.'

Er was ook nog een keukentje. Dat was ook al zo klein dat je bijna je er niet in bewegen kon. Samen afwassen zou niet gaan, dat zagen ze wel.

'Jij moet hier alleen de afwas doen,' zei John, 'ik pas er niet meer in.'

'Waarom ik? Doe jij het maar alleen,' zei Frances.

De kinderen gingen op de grote bank zitten. De bank was met dezelfde stof bekleed als de twee grote stoelen, zacht roze met groene en blauwe bloemen. Zolang ze daar op een rijtje bleven zitten hadden ze niet zo erg het gevoel dat ze in de weg liepen.

Oma liep zingend rond. Je kon wel merken dat ze blij was omdat ze gekomen waren. Eerst zette ze een ketel water op om koffie te zetten. En ze legde een kleed over de eettafel en zette bordjes klaar.

'Jullie hebben vast wel honger, hè?' zei ze. 'Jullie willen wel een boterham, en een glaasje melk.'

Ze schudden alledrie hun hoofd, want ze hadden helemaal geen honger.

'Nee maar!' riep Oma, 'jullie zijn kinderen in de groei!'

'Geef ze maar iets fris te drinken, moeder,' zei Mam, want zij begreep wel dat ze nu geen honger hadden. 'En trekken jullie eindelijk eens die jassen uit.'

In het kleine gangetje bij de trap was een kapstok. Daar hingen al een paar mantels van Oma aan, en toen zij al hun jassen en mutsen en sjaals erbij hingen was die kapstok zo vol, dat er telkens weer iets af viel. Toch moesten ze hun jassen wel ophangen; ze konden ze moeilijk aanhouden nu ze in Amsterdam, in Oma's huis waren aangekomen. Eindelijk lukte het, en ze gingen weer op de bank in de kamer zitten, en dronken van de limonade. Onderwijl lieten ze hun ogen nog eens door Oma's mooie kamer dwalen, en luisterden ze naar het gepraat van Oma en Mam. Ze raakten nu al wat gewend aan de Hollandse klanken.

Oma haalde een paar dozen uit een kast. Daar waren auto-
tjes en blokken en houten beestjes in. John en Lune ige kropen
onder de tafel om ermee te spelen. Van een voetenbankje en
een stoof maakten ze huisjes voor de dieren. Peter-Rabbit zat
tegen een tafelpoot en keek toe. Frances bleef bij Oma en
Mam zitten. Soms zei Oma iets in het Engels tegen haar. En
dan praatte ze weer, vlug en onverstaanbaar, met Mam.
De telefoon rinkelde. Oma praatte nog sneller dan eerst in
de hoorn. Ze lachte, en Mam moest er ook bij komen. Mam
praatte ook Hollands in de telefoon.
'Wie is dat?' vroeg John.
''t Is tante Eetje,' zei Mam, 'ze komt straks.'
De hele dag bleef de telefoon gaan. Familieleden en kennissen van Oma, die wisten dat de familie uit Amerika was
aangekomen, belden op en maakten afspraken om op visite
te komen.
's Middags gingen ze met z'n allen een paar boodschappen
in de buurt doen. Oma kocht eten, en de kinderen keken
hun ogen uit. In Amsterdam waren veel dingen zo heel
anders dan in Baltimore. De huizen en de winkels waren
anders, en ook de mensen, ook al was het moeilijk te zeggen
waarom die anders waren. Oma's huis stond in één van de
oude buurten. De straten waren smal en de huizen hoog.
Nergens was een boom of een stukje tuin te zien. Van veel
huizen waren de ramen dichtgespijkerd met planken. Mam
keek rond, ze zei niets meer.
'Die huizen worden afgebroken, of gerenoveerd,' vertelde
Oma. 'Over een paar jaar zal de buurt er heel wat beter uitzien. Maar nu is het wel een beetje triest. En vuil, ontzettend
vuil. Als de gemeente niet snel genoeg de huizen dichttim-
mert komen er krakers in. Hier woont nu van alles en nog
wat door elkaar, studenten, gastarbeiders, Surinamers. Er
zijn niet veel van de oude bewoners, zoals ik, meer over.'
'Zo gaat het bij ons in Baltimore ook. Ze gooien hele straten

tegen de grond, daar komt dan niets voor in de plaats,' vertelde Mam.
'Hier wel hoor, nieuwe huizen komen er. Holland is Amerika
niet!'

Mam zei: 'Ik kan me niet herinneren dat het hier zo smerig
was. Ze keek met een verdrietig gezicht naar de kapotte huizen, en naar de grijze plastic vuilniszakken die op straat lagen. Een paar zakken waren kapot, en de vieze rommel lag
verspreid over de stoep. 'Het is haast nog erger dan bij ons,'
zei Mam, en Frances zei: 'Wat een troep, zeg!' Maar toen
zei mam boos: 'Hou je mond.'
'Ik heb altijd gehoord dat het in Amerika erger is,' zei Oma,
en haar stem klonk ook een beetje boos.

Die avond werd Luneige eerst in Oma's bed gelegd. 'In Holland gaan de kinderen om zeven uur naar bed, daar worden
ze groot en sterk van,' zei Oma.

Maar Luneige was dat niet gewend, want thuis in Amerika
ging ze nooit eerder dan om negen uur naar bed. En vaak
kwam ze er dan nog een paar keer uit, om bij de anderen te
zitten, en om wat te spelen en te eten. Luneige wilde niet zo
vroeg al in een vreemd bed slapen. In haar pyjama kwam
ze de kamer weer binnen stappen. 'Laat haar maar, moeder,'
zei Mam, 'alles is nog zo vreemd voor haar.'

De eerste avond in Oma's huis kwamen al veel mensen op
bezoek. Ooms en tantes, en vriendinnen en kennissen van
Oma. Ze waren allemaal blij om Mam en de kinderen te zien,
en ze wilden alles weten over de reis, en hoe het was geweest
op zee met die vreselijke storm. Ze vroegen aan de kinderen
of ze Amsterdam niet de mooiste stad van de wereld vonden.
Maar dat konden ze niet zeggen, want ze hadden nog maar
een paar steden van de wereld gezien. En tegen Mam zeiden
ze dat ze wel blij zou zijn om weer terug te zijn in Holland,
want er was geen beter land om in te wonen. Ze deden ook
allemaal erg hun best om goed Engels te praten, maar tegen

Mam praatten ze natuurlijk Hollands. En ze brachten snoep mee, en kadootjes. De kinderen werden een beetje misselijk van het snoepen.

Later, toen de gasten allemaal waren vertrokken, werden de bedden klaar gemaakt. Oma had van kennissen een paar kampeermatrasjes en een luchtbed geleend. Mam zou op de bank slapen.

Eerst moesten de meubels zoveel mogelijk aan de kant geschoven worden. Daarna werden de bedden op de vloer gelegd en opgemaakt. En toen pas konden ze zich uitkleden en gaan liggen. De kamer was tjokvol, er was geen plekje meer over om je voeten neer te zetten.

Maar ze waren moe, doodmoe. Binnen een paar minuten sliepen ze, allemaal.

Oma was al oud, en toch had ze nog een heel druk leven. Ze was lid van een paar verenigingen en ze zat in het bestuur van een stichting, die vluchtelingen hielp. In haar volle kamer stond een kast met boeken. Oma moest vaak naar vergaderingen, en thuis zat ze bij de eettafel en tikte op een klein schrijfmachientje brieven en rapporten. Soms kwamen er mensen die haar over iets belangrijks moesten spreken.

Natuurlijk was Oma erg blij dat haar dochter en haar drie kleinkinderen uit Amerika waren gekomen. Maar gemakkelijk was het niet. Haar huis was te klein.

's Morgens werd Oma altijd heel vroeg wakker. Dan ging ze eerst thee zetten. De kinderen op de grond waren nog diep in slaap. Mam, op de bank, sliep ook nog. Op haar tenen sloop Oma door haar huisje, en heel voorzichtig stapte ze met haar slofjes over haar slapende kleinkinderen heen. Dan werd er toch wel eens eentje wakker, doordat het fluitketeltje floot, of doordat er een lepel op de vloer viel, of doordat Oma even misstapte en hen met haar voet aanraakte. 'Slaap maar rustig door,' zei ze dan altijd.

Ze ging met een kop thee bij het raam zitten lezen. Het was het enige rustige uurtje dat ze nog had in haar volle huis. Want na een uur werden ze allemaal wakker. Dan begon het drukke leven weer, van praten en praten en nog eens praten. De rommel werd opgeruimd, de dekens opgevouwen, en ze lieten het luchtbed leeglopen. De matrasjes werden onder Oma's bed gelegd, en er bovenop het beddegoed.

Daarna moesten ze wassen en tandenpoetsen in het kleine keukentje, en aankleden in de kamer. Mam stopte de vuile kleren van de vorige dag in een plastic zak. Er hingen altijd handdoeken en sokken en hemdjes over de stoelleuningen en op de schoorsteenmantel, boven de gaskachel.

Die eerste week al ging Mam naar een kantoor van de gemeente om te vragen of ze een huis kon huren. Het huis hoefde niet mooi te zijn, en ook niet zo groot, zei Mam. Maar ze moesten toch een plekje voor zichzelf hebben. Met een somber gezicht kwam Mam weer terug.

'En?' vroeg Oma.

'Hebben we een huis?' vroegen Frances en John.

Mam schudde haar hoofd. Ze nam de krant en ging in een van de diepe stoelen zitten. Luneige kroop bij haar op schoot.

'Gaan we hier weg, Mammie? Gaan we hier alsjeblieft weg?' vroeg ze.

Boos gooide Mam de krant op de grond. Ze keek naar Oma, die met een verschrikt gezicht naar Luneige keek. Toen begon Mam te praten, in het Hollands. Ze praatte heel vlug en opgewonden. Oma probeerde er telkens iets tussendoor te zeggen. Als Oma iets zei kon je horen dat ze Mam probeerde gerust te stellen.

'Wat zeggen jullie toch?' vroeg Frances.

'Hou je mond!' riep Mam, en ze ging verder met in het Hollands tegen Oma te praten.

Toen werd Frances ook boos. 'Mam,' zei ze, 'we mogen het toch wel weten. Hou eens op met dat Hollands! Oma verstaat

66

toch ook Engels.'

Mam zuchtte heel diep. Ze zag er opeens erg moe uit. 'Je hebt gelijk, kind, je mag boos op me zijn hoor.' En ze wiegde Luneige in haar armen en beet haar heel zachtjes in haar wang.

'Lieve lieve Mammie,' zong Luneige. Het kon Luneige niet schelen wat Mam te vertellen had. Ze vond het fijn om op schoot te zitten.

'Die meneer op het kantoor ,' vertelde Mam, 'die zei dat wij geen recht op een huis hebben, omdat we hier nog maar een week zijn. Over twee jaar worden we ingeschreven.'

'Wat is dat, ingeschreven?' vroeg Frances.

'Dan schrijven ze je naam op een lijst van mensen die ook een huis zoeken. Over twee jaar...'

'Dus we kunnen pas over twee jaar een huis krijgen?' vroeg John.

'Nee, dan ook nog niet,' legde Mam uit. 'Dan staan we alleen nog maar op een lijst. Maar er staan nog meer dan duizend andere mensen op die lijst, die moeten ook allemaal een huis hebben. En die zijn eerder aan de beurt dan wij.'

'Hoe moet dat dan?'

'Ik weet het niet.'

Ze keken elkaar met verslagen gezichten aan. Toen zei Mam: 'En nu zal ik eerst werk moeten zoeken. Het geld raakt op. En jullie moeten naar school.'

Het lijkt misschien wel raar, maar na een poosje wenden ze er toch aan om met z'n allen bij Oma in dat kleine huis te wonen. Opstaan en naar bed gaan, aankleden en tanden poetsen, de was doen, eten en afwassen, dat gaf allemaal een heleboel drukte. Dan leek het huis zo klein dat de muren wel uit elkaar konden barsten.

Soms was er ruzie. Soms huilden ze. Een enkele keer werd Oma boos. En Mam werd vaak boos en gaf standjes. Toch wisten ze allemaal heel goed dat er niet zoveel gehuild zou worden, en dat Mam en Oma niet zo vaak boos zouden zijn, als ze maar een klein beetje meer ruimte hadden. Als ze maar een beetje konden doen wat ze wilden. Als ze konden spelen en rommel maken, zoals vroeger in Baltimore.

Maar het was toch ook vaak heel gezellig in dat kleine huis. Vooral 's avonds, als er geen bezoek kwam. Ze keken met Oma naar de televisie. Oma vond het nu niet meer zo erg dat Luneige laat opbleef, daar was ze al aan gewend. Mam zat bij de tafel te lezen lezen of brieven te schrijven. De schemerlampen brandden. De gordijnen waren dicht. Vaak zagen ze een Engels of een Amerikaans programma op de televisie. Als ze Amerikaanse stemmen in dat Hollandse huis hoorden leek Baltimore niet meer zo heel ver weg, en 'vroeger' leek niet meer zo erg lang geleden.

Het was jammer dat het aldoor zulk vies weer was in Nederland. Het was koud en akelig om buiten te zijn. Soms viel er sneeuw, mooie grote vlokken die zodra ze op straat terechtkwamen, water werden. Natte sneeuw heette dat, sneeuw die sneeuw leek in de lucht, en die smolt zodra hij neerkwam. En als het 's morgens mistte was alles zo koud en nat buiten, en je kon niet veel zien. Op zo'n dag bleven de kinderen de hele dag binnen. Ze waren blij dat Mam nog steeds niet besloten had ze naar school te sturen.

Op een dag nam Mam hen alledrie mee met de tram naar de markt. Die markt was in een lange straat, zo maar in de open lucht. Aan weerszijden waren houten toonbanken, met dakjes van tentdoek erboven. De marktkooplui hadden dikke truien aan en schorten voor. Wat moesten ze het koud hebben, de hele dag buiten in de winter, achter hun fruit en hun vis.

Mam kocht kaas en bloemen op de markt. 'Hollandse kaas en Hollandse bloemen,' zei ze, 'wat heb ik daar naar verlangd.'

Toen gingen ze ook nog poffertjes eten. Ze zaten op een wiebelend bankje aan een lange smalle tafel, die met glanzend wit papier bedekt was. Er waren een stuk of wat nauwe kamertjes met zulke tafels in de poffertjeskraam. Bij de ingang hingen rode fluwelen gordijnen, en er stond een grote koperen pot met chrysanten. Het was er op een grappige manier deftig. De man die de poffertjes bakte, was erg handig. Zo vlug keerde hij de poffertjes in hun kuiltjes op de gloeiende plaat om met een vork, je kon haast niet zien hoe hij dat deed. 'O, wat is dat lekker,' zei Frances. Ze prakte met haar vorkje de boter en de suiker over het laatste poffertje en stak het in haar mond. 'Nu begrijp ik het pas.'

'Wat?'

'Dat je zo'n heimwee naar Holland had.'

Mam lachte.

John liep de hele poffertjeskraam door. Er waren maar weinig mensen. Toen hij weer bij hun tafel terug kwam, zei hij: 'Er is voor ons allemaal een kamertje. Zouden ze het niet aan ons willen verhuren? Dan kon jij elke dag poffertjes bakken, alleen voor ons.'

Mam lachte weer. Luneige zei: 'Dan kan niemand anders meer poffertjes eten, John, als wij hier wonen. Dat is gemeen.'

'Het zou zo'n mooi huis zijn.'

'Wel mooi, maar niet erg handig,' zei Mam. 'Kijk eens hoe het gemaakt is, van houten schotten. Er zitten zulke kieren tussen, de wind blaast erdoor. Ik krijg het nu al koud. Kom, we gaan naar Oma.'

Die avond kwamen er weer veel mensen op bezoek. De kamer was er erg vol, het waren alleen grote mensen en ze praatten steeds Hollands. Ze vonden het zeker niet nodig dat kinderen konden verstaan wat ze te zeggen hadden. Luneige begon hard te zingen om boven het geroezemoes uit te klinken.

John was weggekropen in het donkere hoekje achter de bank. Doordat de bank schuin naast de kachel stond was daar een driehoekige ruimte. Hij zat te wachten of er nog iets leuks ging gebeuren, maar er gebeurde helemaal niets. Hij deed zijn ogen dicht en dacht: misschien val ik zo in slaap en krijg ik een mooie droom. Maar hij viel niet in slaap en hij droomde ook niet. Er was te veel lawaai in de kamer.

Luneige stond op de bank te dansen. De grote mensen gingen steeds harder praten, en ze lachten ook hard. Waar kletsen ze toch over? dacht John. Waar lachen ze zo om? Toen trok Luneige aan zijn haar.

'Schei uit, kleine rotzak,' zei hij, en hij kneep haar in haar hand.

Luneige keek hem heel beteuterd aan. 'Ik wil daar zitten,' zei ze.

'Vooruit dan maar,' zei John. 'Ik ruim het veld voor mijn kleine zuster. Ik ben Grote Bizon, en ik sla op de vlucht voor mijn Kleine Blanke Zuster. Vaarwel!'

Hij maakte zich zo dun en zo klein mogelijk, en liep tussen de benen en de voeten van de visite door naar de eettafel. Daar zat Frances in haar dagboek te schrijven. John ging naast haar zitten. Hij probeerde zo'n soort gezicht te trekken dat duidelijk zei: ik kom nu wel bij je zitten, maar ik wil heus niet vervelend zijn. Ik maak geen ruzie. Toch legde Frances dadelijk haar arm om de beschreven bladzij heen, zodat John niet zou kunnen lezen wat ze geschreven had.

Op dat ogenblik werd er weer gebeld. Er kwam nog meer bezoek de trappen opstommelen.

'Wij gaan wel op de vloer zitten, Oma,' zei Frances.

De nieuwe bezoekers kregen hun stoelen, die ze in de kring bij de bank schoven. Het was nog voller in de kamer. John en Frances kropen onder de tafel. Frances kon niet meer in haar dagboek schrijven, het was daar te donker.

'So bara takoelie,' zei Frances.

'Hè?'

'So bara takoelie,' zei Frances weer. En fluisterend: 'Dat be-

70

tekent: ik zit onder de tafel!'
'Aha!' zei John, 'so taj bara takoelie!' En dichtbij Frances oor
voegde hij daaraan toe: 'Ik zit óók onder de tafel.'
'So taj bara takoelie?' vroeg Frances, en fluisterend: 'Zit jij
ook onder de tafel?' En opeens riep ze heel hard: 'Soemoe
krasta!!'
'H'm, h'm,' deed John, net of hij heel goed wist wat dat betekende. Omdat Frances niets meer zei gaf hij haar een por.
Frances fluisterde: 'Dat betekent: zij zijn gek.' En ze wees
naar de grote mensen die in het lamplicht zaten.
'Soemoe baj krasta!' riep John hard lachend. 'Zij zijn erg gek!'
'Sssst, niet zo hard. Weet je, ik maak mijn eigen taal. Doe
je mee?' Frances fluisterde heel zachtjes. 'Niemand mag weten wat het betekent, alleen jij en ik. We moeten alles op-
schrijven en uit ons hoofd leren. Het is hier zo donker ...'
'Wacht maar.' John stond op en haalde uit zijn koffer in
Oma's slaapkamertje zijn zaklantaarn. Bij het licht van de
lantaarn kon Frances wel schrijven. John hield hem voor
haar vast. Ze schreef in haar dagboek alle woorden die ze al
bedacht had, met de betekenis ernaast. Het was al gauw een
velletje vol. Dat scheurde ze er netjes uit, en daarna schreef
ze alles nog een keer op. Het uitgescheurde velletje gaf ze aan
John.
'Niemand laten zien. Alleen wij tweeën. Beloofd?'
John vouwde het papier op en stak het in zijn zak.

'Beloof het dan.'
'Ik beloof het. Bong kadoeste,' zei hij plechtig.
'Bong kadoeste,' zei Frances ook. Ze begreep meteen dat dat 'erewoord' moest zijn.

Nog steeds gingen ze niet naar school. Oma en Mam moesten vaak weg om 'dingen te regelen', dan moesten Frances en John op Luneige passen. Ze mochten alleen in hun eigen buurt een paar straten lopen, want de kans was groot dat ze zouden verdwalen. Al die straten leken op elkaar. De mensen in Amsterdam waren aardig, en ze deden allemaal hun best om Engels te praten. Maar als ze je de weg moesten wijzen was het moeilijk daar wijs uit te worden.
Het weer was nog aldoor koud en guur. Ze werden alledrie verkouden. Samen maakten ze elke dag een heel pak papieren zakdoeken op. Hun neuzen waren rood van het snuiten, en hun ogen traanden. Binnen was het prettiger dan buiten.
Het was middag en het regende. Oma en Mam waren uit. Frances en John overhoorden elkaar de woordjes van hun zelfgemaakte taal. Ze hadden al een heel schrift vol, en de gewone dingen van elke dag konden ze nu in hun eigen taal zeggen. Die taal hadden ze 'Zakopane' genoemd. Luneige vond het helemaal niet leuk wanneer John en Frances Zakopane praatten.
'Jullie zijn alletwee heel gemene kinderen, heel klein en kinderachtig!' schreeuwde Luneige. Ze stampte met haar kleine voetjes op de vloer, zo kwaad was ze. En ze ging heel hard zingen om boven dat rare praten van de anderen uit te komen.
'Bah, bah, black sheep!' krijste Luneige. 'Bah, bah, black sheep, have you any wool? Yes sir, yes sir, John is a black sheep!* Lekker puh! Lekker puh!' Luneige liep stampend

* Engels kinderversje: bè, bè, zwart schaapje, heb je ook wol? enz.

door Oma's volle kamer en smeet blokken op de vloer, en duwde tegen de zware stoelen zodat ze van hun plaats schoven. 'John is a black sheep! Frances is a black sheep. Bah, bah, bah!'

Er werd op de deur geklopt. Er was iemand de trap op gekomen, die niet eerst had aangebeld. John ging open doen. Het was de buurvrouw van twee hoog. Ze was erg boos. Ze schreeuwde, en ze zwaaide met haar vuist. De buurvrouw kon geen Engels praten, en toch had ze hun veel te vertellen. Ze praatte en schreeuwde maar door. Telkens hoorden ze haar een woord zeggen dat wel wat op 'Politie' leek.

Luneige was achter de bank weggekropen. John en Frances stonden met verlegen glimlachende gezichten naar de schreeuwende buurvrouw te luisteren. Ze begrepen wel dat ze boos was, maar niet waarom. En dat scheen de buurvrouw juist nog veel kwader te maken. Heel even hield ze haar mond omdat ze geen adem meer had. Toen maakte John een kleine, maar heel beleefde buiging, en zei zo vriendelijk als hij maar kon: 'Soemoe baj krasta, madam!' en hij deed de deur dicht voor het stomverbaasde gezicht van de buurvrouw.

Ze hoorden haar met boze, harde stappen de trap af gaan. John deed de deur weer open en riep haar heel hard achterna: 'Soemoe baj krasta! Soemoe baj krasta!'

Frances rolde kopje over in een stoel, en hield haar buik vast van het lachen. John trok een overschillig gezicht. Luneige kwam weer uit haar schuilplaats te voorschijn, en vroeg angstig: 'Is ze weg?'

'Natuurlijk is ze weg,' zei John. 'So baj krasta présa, weet je.' Luneige keek weer boos en verdrietig, en Frances kreeg medelijden met haar.

'Wil je weten wat John zegt?' vroeg ze, 'hij zegt in onze Zakopane-taal: dat is een hele gekke vrouw. Wil jij ook Zakopane leren?'

Luneige knikte. Er lag nog een traantje op haar wang, en

met haar mouw veegde ze het weg. Ze haalde ook haar neus op.

'Je hebt nog snot aan je neus, Luneige,' zei John, 'bah! groen snot.' Luneige veegde met haar mouw langs haar neus. 'Leer het me dan,' zei ze ongeduldig.

Ze gingen alledrie op de vloer voor de kachel zitten. Frances en John leerden Luneige woorden in de de Zakopane-taal en ze oefenden een uur lang. Luneige was zo blij dat ze nu met de anderen mocht meedoen, dat ze de hele middag lief en rustig was. En ze leerde verbazend snel. Ze kon nog niet lezen, en toch kende ze al gauw een heleboel woorden uit haar hoofd. Ze vergiste zich bijna nooit.

Maar die avond, toen Oma en Mam thuis waren, kwam de buurvrouw terug. Ze klaagde dat het zo'n lawaai boven haar hoofd was sinds die Amerikaanse familie bij Oma was ingetrokken. Die kinderen liepen de hele dag maar te stampen en hielden geen rekening met andere mensen, zei ze. Als dat zo doorging zou ze de politie waarschuwen, die zou ze dan wel op straat zetten. Want ze mochten daar helemaal niet wonen, met zoveel mensen. Ze zou het ook tegen de huisbaas zeggen. Ze kreeg hoofdpijn van die kinderen, vooral als ze allemaal tegelijk de trap af holden. En ook had ze al een keer bijna haar nek gebroken, toen er een bal op een van de traptreden was blijven liggen. Die kinderen holden maar door het huis met hun schoenen aan, ze werd er haast gek van. Bij haar beneden stonden de kopjes op het buffet te rinkelen, en de lamp zwaaide heen en weer. Er was al eens een stuk kalk van het plafond gevallen. 'Komt u zelf maar kijken, komt u zelf maar kijken,' gilde ze.

Toen de buurvrouw weer vertrokken was, zaten ze allemaal een poos stil voor zich uit te kijken.

'Jullie moeten in huis je schoenen uitdoen,' zei Oma, 'en heel zachtjes lopen op de trap.'

'Maar het is ook te vol,' zei Mam. 'Voor jou is het ook veel te druk.'

'Ja kind, maar we zullen er heus wel iets op vinden. Als de nood het hoogst is . . .'

'Hier moeten we in elk geval weg, hoe dan ook. Ook als die buurvrouw niet geklaagd had. Het gaat gewoon niet langer.'

'Je weet dat Eetje . . .' zei Oma aarzelend.

Mam zuchtte: 'Ik ben zo bang dat we daar nog meer problemen krijgen.'

'Ze heeft het aangeboden. En haar huis is erg groot. Natuurlijk is het ook voor tijdelijk . . .' Oma lachte. 'Als je het niet wilt, Margje, moet je het niet doen. Ik hou het nog wel een poosje uit, hoor. Maar de kinderen kunnen hier niet spelen. En dat is ongezond voor kinderen.'

'Kinderen spelen overal,' zei Mam. 'Als je ze in een kast opsluit, spelen ze nog.'

'Ja,' zei Oma, 'deze kinderen wel. Daarom hou ik zoveel van ze.'

'Als we zo blijven rondzwerven,' zei Mam, 'kan ik ze niet naar school sturen. En bij Eetje zou het in ieder geval voor tijdelijk moeten zijn. Dat staat vast.'

In het huis van tante Eetje

Tante Eetje was Mams zuster. Ze was vijftien jaar ouder dan Mam en ze leken niets op elkaar. Tante Eetje was klein en een beetje dik, terwijl Mam juist lang en heel slank was. Tante Eetje had korte grijze krulletjes en een klein opgewipt neusje. Mam had lang golvend bruin haar, en haar neus was fors en gebogen. En tante Eetje was getrouwd, met oom Benno.

Oom Benno en tante Eetje waren al twee keer naar Oma's huis gekomen om Mam en de kinderen te zien. Maar zij waren nog nooit in het huis van tante Eetje geweest.

Op een dag reden ze er in een taxi heen, met al hun koffers en tassen.

Oma bleef alleen achter. Ze zagen hoe Oma voor het raam stond en naar hen wuifde. John en Luneige zaten op hun knieën op de achterbank om naar Oma terug te zwaaien. Door een kiertje tussen de gordijnen keek de buurvrouw ook naar buiten.

'Die is blij dat we weggaan,' zei Frances.

En John zei: 'Als ze maar niet denkt dat we naar haar zwaaien.'

'Nee, dat denkt ze vast niet,' lachte Frances. 'Soemoe krasta.'

Luneige riep: 'Dag Oma! Dag Oma! Oma soemoe peka krasta, hoor! Dat betekende: Oma is niet gek, hoor.'

Toen reed de taxi de hoek om en ze zagen Oma's huis niet meer. Al gauw kwamen ze in het centrum van de stad. Voor de stoplichten stonden rijen fietsers te wachten. Een keer reed een fietser vlak voor een tram langs en stak zomaar de straat

over. De taxichauffeur stond bovenop zijn rem en vloekte.
De fietsers hadden paarse neuzen van de kou en bliezen grote stoomwolken uit. Een klein kindje zat bij zijn moeder achterop de fiets in een vreemd stoeltje, dat wel wat op een hondemand leek. Een poosje reden ze vlak naast hem. Het kind had een muts op en een das voor zijn mond geknoopt. Het kon hem niets schelen dat het zo koud was; hij keek vrolijk naar de kinderen in de taxi.
Daarna kwamen ze langs een park. De dunne takjes aan de bomen waren wit van de rijp. In de taxi was het lekker warm. Tik-tik-tik, deed de meter, en door de radio klonken stemmen. Ze stonden stil voor tante Eetje's huis.
De stoep was hier veel breder dan in de straat waar Oma woonde, en er waren ook bomen. Je kon wel zien dat deze buurt veel deftiger was. Er lag nergens rommel, geen kranten en kapotte vuilniszakken, of oude meubels. Er lag wel hondepoep op de stoep, want honden waren er in Amsterdam overal.
Tante Eetje had hen al zien aankomen. In haar handen wrijvend stond ze op de stoep te wachten tot alle koffers en tassen waren uitgeladen, en Mam de taxichauffeur betaald had. Frances en John en Luneige stonden naast elkaar voor tante Eetjes huis en keken nieuwsgierig langs haar heen naar binnen.
'Kijk dan, kijk dan!' riep Luneige opgewonden. 'Mam had echt gelijk, de brievenbus en de deurknop zijn van goud, kijk maar!'
Tante Eetje lachte. 'Nee hoor,' zei ze, 'dat is geen goud, dat is koper. Ze glimmen wel net zo mooi als goud, he? Vind je dat mooi, kleintje?'
Eindelijk mochten ze naar binnen. Vegen jullie goed je voeten?' vroeg tante Eetje. 'De straten zijn tegenwoordig zo verschrikkelijk vuil. Jullie hebben toch niet in het geluk getrapt, hoop ik? Laat je schoenen eens kijken voordat je van

de deurmat af komt.'
'Wat is dat, in het geluk trappen?' vroeg John.
'Dat noemen we zo als iemand in het uitwerpsel van een
hond heeft getrapt... zo, jullie zijn keurige kinderen, hoor.
Dan kunnen jullie hier je schoenen wel uittrekken. Ik heb
daar een paar kranten neergelegd, zet ze daar maar op. Je
vindt het toch wel goed, Margje, dat ik ze hun schoenen laat
uitdoen?' En bij die woorden keek ze Mam vragend aan.
'Vanmorgen heb ik het parket gewreven, en het zou zo jammer zijn als er krassen op kwamen.'
Aarzelend, op hun sokken, gingen ze de woonkamer binnen.
Het was een grote, hoge kamer aan de achterkant van het
huis. Door de glazen deuren zagen ze een tuin. De zon scheen
naar binnen, en heel even leek de kamer een klein beetje op
een kamer in Daddies grote huis, waar ze vroeger gewoond
hadden. De zon verdween achter een wolk, en opeens leek
de kamer er helemaal niet meer op.
Tante Eetje zei: 'Ik zal vlug koffie halen. En wat willen de
kleintjes drinken? O! Wat zie ik daar! Tja, daar zal ik wel
aan moeten wennen...'
Op een drafje liep ze de kamer uit. Ze kwam terug met een
grote rode plastic haarkam. Daarmee hurkte ze neer en ze
begon de franje van het vloerkleed te kammen. Die was een
beetje scheef en in de war geraakt, doordat ze eroverheen

hadden gelopen.

John stond met zijn handen in zijn zakken naar tante Eetje te kijken. Hij keek Frances aan en trok een gek gezicht. Frances giechelde. Luneige vroeg:

'Mag ik dat doen, tante Eetje, alsjeblieft? Dat is zo'n leuke kam.'

'Dat is goed, lieverd,' zei tante Eetje, en ze gaf de rode haarkam aan Luneige. Die kroop op haar knietjes de hele kamer rond om alle franje netjes recht te kammen.

De kinderen kregen limonade en koekjes en snoepjes. Mam en tante Eetje dronken koffie. Ze zaten allemaal, behalve tante Eetje, op het puntje van hun stoel, want ze waren nog niet aan dit huis gewend. De limonadeglazen had tante Eetje op een schoteltje gezet, en voor de koekjes en snoepjes kregen ze ook ieder een schoteltje.

Het huis had twee verdiepingen. In de voorkamer, aan de straat, was oom Benno's kantoor. Daar mochten ze niet binnenkomen. Een brede trap met een dikke rode loper ging naar boven. Die loper werd op zijn plaats gehouden door koperen roeden. Die glommen ook alsof ze van goud waren. Boven was de slaapkamer van oom Benno en tante Eetje, en daarnaast was de badkamer, met een echt bad. Ze hadden een dochter die al een groot mens was en in het buitenland woonde. In haar kamer mochten de kinderen slapen. De logeerkamer was voor Mam. Het huis was centraal verwarmd, zodat ze boven ook konden spelen.

Terwijl tante Eetje in de keuken de kopjes en de glazen afwaste, brachten zij de koffers en de tassen naar boven. 'De voorkamer boven, recht tegenover de trap,' riep tante Eetje. 'Jullie vinden het vanzelf.'

Het was een mooie kamer. Alles was er even leuk en netjes, en zelfs met een kinderbed voor Luneige en twee gewone bedden erin was de kamer nog niet te vol. Hier zouden ze eindelijk hun koffers kunnen uitpakken, want er was een lege kast

om kleren in op te bergen. Door een tussendeur kon je in
Mams slaapkamer komen. Die deur lieten ze voor de gezellig-
heid openstaan. Mams ging op het logeerbed liggen.
'Ben je nu al moe?' vroeg Frances verbaasd. 'Ik vanavond
pas, hoor!'
Mam glimlachte. 'Dat komt door de verandering,' zei ze.
Ze hadden heel veel te doen. De tassen en de koffers waren
gauw genoeg leeg gemaakt, maar om alles weer netjes op te
bergen was niet zo eenvoudig. Luneige was zo blij dat ze al
haar speelgoed weer eens bij elkaar zag, dat ze dadelijk begon
te spelen.
De poppenmeubeltjes, de kleine popjes en de beestjes zette
ze in de vensterbank tussen de planten. De poppenkastpop-
pen, de slappe Jan Klaassen en Katrijn, de koning en de boef
met hun houten koppen, hing ze over een stoel. Boekjes en
stiften en kleurkrijtjes rolden uit een plastic koffertje en

verdwenen naar alle kanten over de vloer. Peter-Rabbit lag
op de lage tafel en hing met zijn kop over de rand. 't Was
net of hij naar al die oude vertrouwde dingen keek, en zijn
gezicht stond heel tevreden.

John haalde de deksels van zijn goocheldoos en van het
monopolyspel. Het was fijn om alles weer eens uit te stallen
en te bekijken. Vijfendertig glazen stuiters rolden zomaar
vanzelf uit een zak en kwamen tussen Luneiges kleurkrijtjes
terecht. Het papieren monopolygeld lag even later onder de
tafel en onder de bedden verspreid.

Er waren drie stoelen in die kamer, twee rieten leunstoelen
en een rechte stoel. Frances verdeelde hun kleren over de
stoelen. Ze stond met haar lange jurk in haar handen en
dacht: die moest ik nu maar eens aantrekken, hij past goed
bij dit mooie deftige huis. Ze had de jurk zo lang ze in Holland
waren, niet één keer aangehad.

Vlug deed ze haar lange broek uit en trok de trui over haar hoofd. Ze liet die saaie kledingstukken op de vloer liggen, en trok de jurk aan. Ze ging op een stoel staan om in de spiegel te kijken. Net een ouderwetse prinses, dacht ze. Maar zo is hij te lang, ik doe er mijn schoenen met hoge hakken bij aan. En mijn gezicht is zo ook veel te saai.

Frances bezat al heel lang een make-uptasje. Vroeger, thuis in Baltimore maakte ze zich wel eens op, samen met een vriendin. Als ze dan opgemaakt waren bedachten ze toneelstukjes, die ze voor Mam en John en Luneige opvoerden. Frances ging aan het werk. Ze deed blauwe oogschaduw met glitter op haar ogen. Ze trok een dikke zwarte lijn over haar wenkbrauwen. En ze maakte met rouge rode blosjes op haar wangen, en verfde haar lippen vuurrood. Frances had ook nog twee kleuren nagellak, lichtblauwe en roze. Ze lakte haar nagels om beurten roze en blauw.

'Ik ook, Frances, ja alsjeblieft?' vroeg Luneige, en stak haar allebei haar warme, met krijt bevlekte handjes toe.

'Goed,' zei Frances, en ze lakte de nageltjes van haar zusje ook om beurten roze en blauw.

'Nu nog mijn witte schoenen van Kleine Harry aan,' zei ze.

'Je mag toch niet op schoenen naar beneden,' zei Luneige.

'Dat geeft niet, dan doe ik ze wel weer uit.' Frances klom nog een keer op een stoel om zichzelf in de spiegel te bekijken. In opruimen had ze nu geen zin meer. De kleren lagen op de stoelen en de bedden, het speelgoed op de vloer. Ik ruim straks wel op, dacht ze.

Tante Eetje was klaar met afwassen. Ze had de tafel gedekt voor de lunch. Uit de linnenkast in haar eigen slaapkamer haalde ze servetjes voor de gasten. Bij de deur van de voorkamer bleef ze staan, ze hoorde daarbinnen geen enkel geluid. Het zijn schattige kinderen, dacht tante Eetje, zo rustig! Ze zong een liedje terwijl ze de trap weer afliep. Bij de deur van

oom Benno's kantoor bleef ze staan en klopte aan.
'Kom je eten?' vroeg ze, terwijl ze haar hoofd naar binnen
stak. 'Margje en de kinderen zijn er al.'
'Ja, dat heb ik gemerkt,' bromde oom Benno. 'Wat een lawaai
hebben ze gemaakt in de gang. Dat moet afgelopen zijn.'
''t Is de eerste dag,' suste tante Eetje. 'Ze zijn nu boven en
heel stil. Kom je?'
Tante Eetje ging weer naar boven, klopte op de deur en riep:
'De tafel is gedekt, komen jullie eten?'

Frances sprong op. 'Mmmm! ik rammel van de honger!' Ze gooide de deur open en zei: 'We komen, ik zal mijn moeder roepen.'

Er klonk een gil. Tante Eetje greep naar haar hoofd, deed een stap achteruit en viel bijna de trap af. Nog net op tijd kon ze de leuning vastgrijpen.

'Wat is er? Wat is er?' riep Mam geschrokken. Ze stapte over de kinderen en het speelgoed heen en haastte zich naar de gang. 'Wat is er, Eetje, is er iets gebeurd?'

'Ik schrok zo... van Frances...' stamelde tante Eetje. 'Ik dacht dat er een vreemde dame stond.'

Mam begon te lachen. 'Frances heeft weer eens een verkleedbui,' zei ze, 'die houdt ervan zich zo nu en dan eens toe te takelen. Kinderen, gaan jullie je handen eens wassen! We komen zo, hoor.'

Ze trok Frances mee de kamer in en sloot de deur. 'Haal die verf van je gezicht,' zei ze streng.

'Waarom?'

'Dit is de eerste dag in tante Eetjes huis, en je hebt haar aan het schrikken gemaakt. We moeten ons hier heus een beetje netjes gedragen. Houden jullie er alsjeblieft rekening mee dat tante Eetje geen kinderen meer gewend is.'

'En Oma dan?' zei John. 'Die is al veel langer geen kinderen meer gewend.'

'Niet alle mensen zijn hetzelfde. En doe wat ik je zeg,' zei Mam. Ze hadden haar nog nooit zo streng zien kijken.

Met een boos gezicht stond Frances zich te wassen. 'De nagellak gaat er toch niet af. Die laat ik zitten.'

'Ik ook,' zei Luneige.

Ze zaten al aan tafel toen oom Benno binnenkwam. 'Zo, zo,' zei hij, en hij stopte een servet onder zijn kin in zijn boord. 'Zo, zo, dat zal smaken.'

Oom Benno was groot en dik. De randen van zijn bril hadden gleufjes in zijn gezicht, opzij bij zijn slapen, gemaakt. Daaraan kon je zien dat hij steeds dikker werd. Door een klein beetje dun blond haar glansde zijn roze schedel. Hij bewoog zich heel langzaam en kalm en deftig, zodat het leek of hij niet helemaal wakker was. Hij haalde zwaar en langzaam adem door zijn neus, en dat was goed te horen. Daardoor leek het nog meer of hij eigenlijk sliep. Hij zei niets meer. Elke paar tellen stak hij zijn vork in zijn mond, dus hij sliep niet.

Tante Eetje en oom Benno aten hun boterhammen met mes en vork. In Amerika doet niemand dat, ook mensen die deftig zijn niet. Mensen in andere landen hebben nu eenmaal andere gewoonten. Wat in het ene land fatsoenlijk is en een bewijs van een goede opvoeding, lijkt in een ander land op aanstellerij. Omdat tante Eetje en oom Benno hun boterham met mes en vork aten, begrepen John en Frances dat het zo hoorde in dit land, en bij deze mensen. In Oma's huis hadden ze daar nooit aan gedacht. En zij probeerden hun boterham ook met mes en vork te eten. Het was erg moeilijk.

'Doe alsof je thuis bent!' zei tante Eetje. 'Eten jullie toch zoveel als je maar wilt. Er is genoeg. Wil jij een lekker plakje worst, John? Zal ik nog wat melk halen? Mag Luneige nog een beker melk, Margje?'

John had zijn boterham gesmeerd, en nu wilde hij er een stukje afsnijden. Met de tong uit de mond ging hij aan het werk. Eerst zette hij de vork er rechtop in en hield hem stevig vast. Toen sneed hij met het mes de boterham krachtig doormidden. Het kraste over het bordje. De vork begon van de weeromstuit ook een vreemd, piepend geluid te maken, alsof hij een angstig antwoord riep naar het piepende mes. Eén helft van de boterham vloog over de tafel heen en kwam op de botervloot terecht.

'O, pardon,' zei John met een kleur als vuur.

Hij stond op om de halve boterham te pakken en stootte daarbij een beker melk om. Frances giechelde. John keek haar kwaad aan. 'Sokosja,' bromde hij, wat in Zakopane 'Stomme troel' betekende.

'Blijf maar zitten,' zei Mam tegen tante Eetje, en ze liep naar de keuken om een doekje te halen. Oom Benno schoof zijn stoel een eindje achteruit. Hij was bang dat de melk op zijn broek zou druppelen.

Het duurde erg lang voordat die maaltijd voorbij was. 'Willen jullie nog een vrucht?' vroeg tante Eetje. 'Weten jullie wel zeker dat je genoeg gehad hebt? Frances, wil je een appel? Jij John? Of een sinaasappel?'

'Dankuwel,' zeiden ze allebei, want ze bedachten dat je meestal vieze handen krijgt wanneer je een appel of een sinaasappel eet. Ze zouden vlekken op het tafellaken kunnen maken. Dat vooruitzicht nam de trek in de sinaasappels, die mooi op een blauwe schaal lagen te pronken, helemaal weg. Luneige had haast niets gegeten. Ze had met haar brood zitten spelen en had er met haar vingers de kaas afgepeuterd. 'Ik wil een banaan!' riep ze.

'Hier heb jij een banaan,' zei tante Eetje, 'Alsjeblieft hoor.' Luneige klom bij Mam op schoot om de banaan op te eten. Ze kauwde en ze neuriede, en haar vingers zaten vol banaan. Ze aaide Mam over haar wang en gaf haar een zoen, een bananezoen.

'Lekkere lieve Mammie, je neus is een banaan...' zong Luneige, en ze plakte een kloddertje banaan op haar moeders neus.

Tante Eetje zat ernaar te kijken. Ze praatte tegen Mam in het Hollands, en ze keek naar Luneige. Oom Benno stond zwijgend op en ging zwijgend terug naar zijn kantoor.

'Boj kandorra?'* vroeg John aan Frances.

'Sa, boj,'** zei Frances.

'Taj si, taj si, kandorra!'*** riep Luneige, en ze liet zich van

---

* kom je mee naar boven?

** ja, ik kom.

*** ik ook, ik ook, naar boven.

haar moeders schoot afglijden.

Ze waren nog maar een paar dagen in tante Eetjes huis toen Mam hun eigen eten ging klaarmaken. Ze aten in de keuken, en tante Eetje en oom Benno aten in de kamer. Mam vond dat beter, en tante Eetje was het met haar eens. De kinderen kwamen niet vaak meer in die kamer. Mam ging er koffiedrinken, en 's avonds keken ze wel eens met z'n allen naar de televisie. Frances en John hadden de eerste dag in dit huis al wel begrepen dat tante Eetje niet tegen rommel kon, en oom Benno niet tegen lawaai. Ze deden heel erg hun best om daar rekening mee te houden. Voor Luneige was het veel moeilijker, want ze was nog te jong om het te begrijpen. Ze hield van zingen en lachen, en ze wist nog niet dat niet alle mensen het leuk vinden om dat te horen. Luneige vond poppen en beesten die op de grond lagen, geen rommel. Het waren gewoon dingen waar ze mee bezig was, dus die moesten daar wel liggen, dacht ze.

In de keuken konden ze weer net zoveel praten tijdens het eten als ze wilden, en in het Engels. Als er eens iets omviel was dat ook helemaal niet erg. Op de keukentafel lag geen wit gesteven tafelkleed, maar één van plastic.

Ze gingen nu ook naar school; Luneige naar de kleuterschool, Frances en John naar de grote school. De eerste dag was alles vreemd en spannend. John en Frances mochten allebei in hun klas over Amerika vertellen; de onderwijzers vertaalden in het Hollands wat ze zeiden, zodat de kinderen in de klas het konden begrijpen. Veel kinderen dachten dat je overal in Amerika Indianen zag lopen met veren op hun hoofd.

Nu ze naar school gingen, kregen ze al gauw een paar vriendjes en vriendinnetjes, waarmee ze na schooltijd buiten speelden. En zo leerden ze vanzelf elke dag een paar Hollandse woorden erbij. Ze konden steeds meer verstaan, en ook al wat zeggen. Maar Luneige niet, want die had er geen zin in. Ook al begreep ze heel goed wat iemand in het Hollands tegen haar zei, dan stak ze toch haar neus in de lucht en deed of ze het niet verstond.

Als ze buiten speelden en ze wilden naar binnen, trokken ze twee keer aan de goudkleurige bel van tante Eetjes huis. Mam kwam dan opendoen, en ze lette erop dat ze niet zo maar naar boven holden. Eerst moesten ze hun schoenen uitdoen.

Nog altijd had Mam geen werk gevonden. Elke dag moest ze om twaalf uur en om vier uur bij de kleuterschool zijn om Luneige te halen. Het was te gevaarlijk voor Luneige om alleen naar huis te gaan. En de kleuterschool was ver van de grote school af, dus Frances en John konden haar ook niet van school halen. Daardoor was het erg moeilijk voor Mam om werk te vinden. Ze zaten in Holland niet op een vrouw met drie kinderen te wachten, dat begreep ze wel. Ze moesten leven van de Bijstand, en dat betekende: heel erg zuinig zijn. Het liefst wilde Mam gaan studeren nu ze terug in Holland was. Maar daar kon ze voorlopig nog niet aan denken. Ze gaf zich op bij een uitzendbureau, en was blij toen ze wat vertaalwerk kreeg. Als de kinderen naar school waren zat ze aan de keukentafel te werken.

Al een maand woonden ze in het huis van tante Eetje. Toen, op een woensdagmiddag, gebeurde er iets waardoor alles weer zou veranderen. Mam en tante Eetje waren allebei niet thuis. Oom Benno zat in zijn kantoor te werken. Frances, John en Luneige gingen naar het Vondelpark.

Het voorjaar kwam eraan. In het gras bloeiden honderden crocusjes, paarse en gele en witte. Op de paden lagen grote plassen. Het had 's morgens hard geregend, en uit de bomen druppelde het nog.

Er waren veel wandelaars in het park. Jongens op fietsen reden door de plassen, zodat het water hoog opspatte. Luneige en John liepen door een diepe plas. Ze maakten golven in het water, en ze speelden dat het de zee was.

Frances liep alleen een stukje verder. Ze keek naar de bomen en naar de blauwe lucht, waarin grote grijze wolken dreven. Een jonge treurwilg had al kleine, lichtgroene blaadjes. De dunne takken hingen recht naar beneden, als een kralengordijn. Middenin dat groen zat een duif. Hij zat heel stil op een tak. Zo zou ik een schilderijtje willen maken, als ik dat kon, dacht Frances. Van die duif achter dat gordijn van groene blaadjes. Luneige kwam hard aanhollen en duwde haar bijna omver.

'Laten we naar de speelwei gaan!' riep John, en hij holde al voor hen uit.

Er waren ook veel honden in het Vondelpark, grote en kleine. De honden waren vrolijk en blij, omdat ze hier vrij mochten rondrennen en niet aldoor aan de lijn hoefden. Ze holden in groepjes rond, blaften, draaiden om elkaar heen en snuffelden aan elkaars achterste. Soms stonden er twee tegenover elkaar en gromden, en zwaaiden dreigend met hun staarten heen en weer. Soms vlogen ze elkaar woedend aan, en rolden om en om in het natte gras. Hun bazen riepen ze, en probeerden de honden weer rustig te maken.

Een grote jongen had een dikke, afgewaaide tak opgeraapt. Hij gooide de tak heel ver weg. Een herdershond sprong er vrolijk achteraan, nam de tak in zijn bek en bracht die bij de jongen terug.

John keek naar een groepje spelende honden. Er was er één bij die wel wat op Pepper leek. Hij had net zulk ruig, halflang haar en een sikje onder zijn snuit. Maar Pepper was helemaal bruin, en deze hond had witte poten en een witte vlek op zijn rug.

'Pepper! Pepper! Pepper!' riep John. Het hondje luisterde er niet naar.

'Waar is Pepper? Waar is Pepper?' riep Luneige.

90

'Kijk daar, die bruine met die witte vlek. Hij lijkt op hem.'
Johns gezicht stond een beetje verdrietig, terwijl hij haar de hond aanwees.
'O, dat is Pepper niet,' zei Luneige teleurgesteld. 'Hij lijkt maar een heel klein beetje op Pepper. En Pepper is veel liever.' Ze holde door het modderige gras naar de spelende honden toe.
Het hondje was helemaal niet schuw, hij liet zich door Luneige vastpakken en over zijn kopje aaien. Kwispelstaartend bleef hij staan, en keek het kleine meisje nieuwsgierig aan. 'Wat een leuke hond,' zei ze. 'Je bent lief, hoor. Bijna zo lief als onze Pepper.'
Ze sloeg haar arm om het hondje heen. Maar dat vond hij niet prettig; met een sprong holde hij weg en Luneige tuimelde achterover in de modder. Ze moest erom lachen en bleef op de grond zitten.
'Luneige, sta op! Je wordt kletsnat, viespeuk!' riep Frances.
Luneige krabbelde overeind en liep naar de anderen toe. Nu waren ook haar handen vol modder.
Het kleine hondje rende in een grote boog het hele weiland rond. Opeens bleef hij stilstaan, en keek om zich heen alsof hij iemand zocht. Toen kreeg hij Luneige in de gaten, en kwam met vrolijke sprongen naar de drie kinderen toe. Hij sprong tegen Luneige op, en likte haar in haar gezicht. John aaide het hondje, en het hondje sprong ook tegen John op en likte hem ook in zijn gezicht.
'Kijk, hij heeft geen halsband,' zei John. 'Zou hij geen baas hebben?'
'Vast wel.' zei Frances. 'We moeten naar huis.' Frances was de oudste en daarom moest zij ervoor zorgen dat ze op tijd thuis kwamen.
Luneiges jas en maillot waren nat en modderig. John had ook modder op zijn jas. En ze hadden alledrie vuile natte laarzen. Daarom wilde Frances thuis zijn voordat Mam en tante

Eetje thuiskwamen. Tante Eetje zou het een naar gezicht vinden.

Frances nam Luneiges hand en stapte stevig door. Maar Luneige wilde nooit vlug doorlopen. Ze liep veel liever heen en weer te rennen tot ze niet meer verder wou, en dan wilde ze gedragen worden.

'Laat me los,' zeurde Luneige. 'Jij bent de baas niet. Ik ga nog niet naar huis.'

'Doen wie het eerst er is?' vroeg Frances, en ze begon vast op een sukkeldrafje naar de uitgang van het park te hollen. Dat vond Luneige leuk, en ze holde achter Frances aan.

John liep achterstevoren sloffend langs het pad. 'Pepper, Pepper, Pepper,' riep hij telkens. En het hondje trippelde achter hem aan! Een paar keer ging het hondje een zijpad in. Dan stond John stil en wachtte. Ook een keer ging hij bij een andere hond staan om met hem te spelen. John riep ge-

biedend: 'Pepper! Hier!'
En daar kwam het hondje al terug. Met zijn neus in de wind
en zijn staartje recht omhoog bleef hij achter John aan lopen.
Bij elke boom stond hij een poosje stil en rook aan de schors
en aan het zand. Als hij genoeg gesnuffeld had, tilde hij heel
eventjes zijn pootje omhoog, en holde weer naar John toe.

Bij het grote hek stonden Frances en Luneige al een tijd te wachten. Luneige wilde nu helemaal niet meer lopen. Ze moest gedragen worden, zei ze. Het werd steeds kouder, en een paar dikke regendruppels vielen uit de laaghangende wolken en spatten op de straatstenen. Frances tilde Luneige op en droeg haar naar huis.

'Je bent een veel te groot kind om nog gedragen te worden,' mopperde ze. En ze dacht: ik geef haar toch haar zin, anders zijn we over een uur nog niet thuis.

Luneige had haar armen en benen om Frances heen geslagen, zodat ze achteruit de straat in keek. Haar laarzen maakten moddervlekken op Frances jas. John liep, diep in gedachten, naast hen.

Het kleine hondje met de witte pootjes en de witte vlek op de rug kwam een paar meter achter hen aan. Luneige keek naar hem. Ze bewoog haar lippen, alsof ze hem riep, en ze zwaaide met haar handje naar hem. Het hondje deed net of hij het niet zag.

Geen van drieën zei een woord totdat ze bij tante Eetjes huis kwamen. Het hondje was ook rustig geworden.

Frances had de huissleutel in haar zak; ze hoefden niet aan te bellen en oom Benno uit zijn werk te halen. Ze zette Luneige op de stoep om de deur open te doen.

Op de mat lag een lange enveloppe met drie grote postzegels erop. 'Van Daddy!' riepen ze tegelijk.

Natuurlijk hadden ze de brief dadelijk herkend; alleen uit Amerika kwamen zulke enveloppen met zulke postzegels. En hun namen waren er in Daddies handschrift opgeschreven. De brief was voor hun alledrie. Het was de eerste brief die ze van Daddy kregen sinds ze in Holland waren.

'Voorlezen! voorlezen!' riep Luneige.

Frances stond met de brief in haar hand. Ze had een vuurrode kleur, zo blij was ze.

'Laat lezen! Geef hier, Frances!' riep John.

94

'Nee, ik lees hem voor. Ik lees vlugger dan jij. Kom, we gaan in de keuken zitten.' Ze draaide de brief nog eens om en om, en keek naar hun namen en het adres, en naar Daddies naam en adres in de hoek.

'Geef hier, ik wil hem ook zien,' zei John, en hij griste de brief uit Frances' hand.

Zonder nog aan iets anders dan aan de brief te denken, lieten ze hun jassen op de grond vallen en liepen naar de keuken. Opeens tochtte het heel erg, en Frances zag dat de buitendeur nog openstond. 'Wachten met openmaken!' riep ze, en ze ging terug om de deur te sluiten.

Ze hadden er helemaal niet aan gedacht om hun laarzen uit te trekken. Ze hadden er ook niet aan gedacht om hun jassen aan de kapstok te hangen. Ze hadden vergeten de deur dadelijk dicht te doen. De eerste brief van Daddy sinds ze uit Baltimore vertrokken waren ... hoe zouden ze nog aan iets anders kunnen denken?

Ze wisten niet dat de deur van de woonkamer niet helemaal gesloten was; dat hadden ze natuurlijk niet gezien. Ze hadden toch alleen maar naar de brief gekeken! En ook hadden ze niet gezien dat het kleine hondje heel nieuwsgierig door de buitendeur naar binnen stapte, en even later met zijn snuitje de kamerdeur een eindje verder openduwde.

Terwijl Frances, John en Luneige in de keuken Daddies brief lazen, zette het hondje zijn vieze, natte pootjes op tante Eetjes glimmend gewreven parket. Zijn modderpootjes lieten er een spoor op achter, en ook op het mooie witte vloerkleed. Opgewonden snuffelde hij aan alle meubels, sprong op de stoelen en op de bank, en beet in de kussens. Hij trok het breiwerk van tante Eetje uit de mand en knauwde in de wol.

Ha! daar was een tuin! Het hondje zette zijn voorpootjes tegen de glazen deur om beter naar buiten te kunnen kijken. Er kwam modder op het glas, en zijn scherpe nageltjes maakten er krassen op. Buiten in het bloemperk hipte een merel.

Het hondje kefte een keer, en maakte een sprong. Zijn nageltjes bleven in het vitragegordijn haken, en trokken er een lange scheur in.

De kinderen in de keuken hoorden het keffen niet. Oom Benno hoorde het wel. Verbaasd keek hij op van zijn werk. Een hond in huis? Dat kan niet, dacht oom Benno. Het zal wel bij de buren zijn. Die mensen met hun honden tegenwoordig, wat een dwaasheid! Vieze beesten.

Nadat het hondje zich in alle stoelen een keer had rondgedraaid op zoek naar het beste plekje om een middagslaapje te doen, ontdekte hij het theekastje. Over de kopjes en de suikerpot en het theelichtje lag een mooie geborduurde lap van crèmekleurige zijde. Het hondje sprong tegen het theekastje op en snuffelde aan de koekjestrommel. De mooie zijden lap bleef aan zijn pootje vastzitten. Hij trok en hij trok, de suikerpot viel om, en met de lap nog aan zijn poot vast maakte hij een paar malle sprongen. Eindelijk vond hij een goed plekje om te slapen, onder de tafel. Een paar maal draaide hij rond, wikkelde zich zo in de zachte lap, knauwde een poosje met zijn tanden boven zijn staart, en viel in slaap. Er zat nu niet veel modder meer in zijn vacht, en zijn pootjes waren zelfs helemaal schoon.

Frances had de brief twee keer voorgelezen, en daarna las John hem ook nog een keer hardop voor. Daddy schreef dat het goed met hem ging, maar dat hij heel erg naar zijn kinderen verlangde. Hij schreef dat hij Stephan en zijn moeder had opgezocht, en dat zij het goed maakten. Pepper had wel twee weken lang door het huis naar hen lopen zoeken, toen had hij het opgegeven. En in de zomer kwam Daddy misschien naar Holland.

'We gaan kadootjes voor Daddy maken,' stelde John voor, 'een grote doos vol kadootjes. Kom mee, we halen onze spullen van boven.'

Aan de keukentafel hadden ze ruimte genoeg. Luneige stond

bovenop een stoel om overal goed bij te kunnen. Vlug gingen ze aan het werk.

Ze schreven brieven. Ze maakten tekeningen met verf en met krijt, met potlood en inkt. Ze knipten plaatjes uit oude tijdschriften, en maakten schilderijtjes door ze op gekleurde vouwblaadjes te plakken. Ze stopten mooie kleine dingetjes, zoals kralen en plastic beestjes, in luciferdoosjes. Daarna beplakten ze de doosjes met goudkleurig of met zilverkleurig of met rood papier. Om zoveel mogelijk rood en goud en zilver papier te krijgen, moesten ze een pak koffie en een pak thee leegmaken. Luneige gooide de koffie en de thee bij elkaar in een pan, en verdeelde het papier eerlijk in drie gelijke stukken.

John maakte van plasticine het hondje uit het Vondelpark, en het leek echt. Hij zette het hondje op een kurk, en bond een rood bandje om zijn hals. Daarna stopte hij het in een jampot, die hij eerst had leeggelikt en omgespoeld.

Luneige plakte met lijm gekleurde kralen op een stuk karton. En Frances tekende een stripverhaal over de reis op zee, over Oma en tante Eetje, en over de nieuwe school.

Als ze klaar waren zouden ze alles in een grote doos doen en naar het postkantoor brengen. Zo ver waren ze nog niet toen Mam en tante Eetje thuis kwamen.

Tante Eetje struikelde over de jassen, die in de gang lagen. Haar mond zakte open, eerst werd ze rood en daarna bleek, en uit haar keel kwam een raar piepend geluid. Met grote ogen keek ze naar het spoor van moddervoeten door de mooie schone gang.

Mam zei: 'Hé, er is vast iets aan de hand.'

Het hondje werd wakker en kwam op het geluid af. Hij had lekker geslapen en hij vond het leuk dat hij weer wat gezelschap kreeg. Vrolijk blaffend sprong hij eerst tegen Mam op, en daarna tegen tante Eetje. De zijden lap sleepte als een vlag achter hem aan.

'O, hemeltje!' gilde tante Eetje, en ze greep Mams arm vast om niet te vallen.

De deur van het kantoor ging open, en oom Benno kwam kijken waar dat rare geblaf toch vandaan kwam. De deur van de keuken ging ook open. Om het hardst riepen de kinderen het grote nieuws:

'Er is een brief! Een brief van Daddy! Kom toch eens kijken wat we aan het maken zijn! Mam, je moet de brief ook lezen!'

Het hondje blafte al harder en harder, zo blij was hij dat hij hen weer zag. Hij wou ook tegen John op springen, maar de lap zat hem in de weg en hij tuimelde om. Keffend rende hij de trap op. John ging hem achterna, trok krak! de lap los van zijn pootje en droeg hem naar beneden.

Mam had nog niet veel gezegd. Ze nam John het hondje af, en zette het bedaard buiten de deur op straat. 'Dat mag je niet doen!' huilde Luneige. 'Peppertje, Peppertje, ik wil hem houden!'

'Stil!' zei Mam boos. 'Dat was dat. En wat nog meer?'

In de kamer zat tante Eetje trillend op de bank. Nog nooit, had het er daar zó uitgezien. Overal zat modder; op het kleed, op de meubels en op de ruiten. Het gordijn was kapot, en de suikerpot lag, niet kapot maar met alle suiker ernaast, onder de kast. Haar breiwerk lag vies en in de war in een hoek. Tante Eetje zat zachtjes te snikken.

Nu had Mam geen tijd om naar het werk van de kinderen te kijken, en ook niet om de brief te lezen. Eerst moest ze tante Eetje helpen. Ze liet haar een kalmerend tabletje innemen. Oom Benno stond al met een glaasje water klaar. Tante Eetje huilde niet meer, maar ze trilde nog steeds. Toen stopte Mam haar in bed. Oom Benno bleef boven bij haar zitten tot ze sliep.

Frances en John ruimden de keuken op. Op hun tenen slopen ze door het huis. Ze durfden zelfs niet te praten. Tante Eetje was ziek, en dat was de schuld van het hondje. Ze begrepen er eigenlijk niets van. Hoe kon een hondje iemand ziek maken? Zo'n leuk klein hondje? Straks, als alles weer gewoon was, zou Mam het wel uitleggen. Nu moesten ze geen lastige dingen vragen. Eigenlijk was alles hun schuld, want zij hadden de buitendeur open laten staan, zodat het hondje binnen kon komen.

Mam maakte de kamer weer zo schoon en netjes als ze kon, en daarna maakte ze het eten klaar. Nog steeds wilde ze nergens over praten. 'De brief lees ik vanavond wel,' was alles wat ze zei.

Tante Eetje was eindelijk in slaap gevallen, en die avond at oom Benno mee in de keuken. Hij stopte zijn servet in zijn boord onder zijn kin en zei: 'Dat zal smaken.' Dat zei hij al zijn levenlang, elke keer voordat hij de eerste lepel naar zijn mond bracht.

Later, toen de kinderen al lang sliepen, liep Mam naar de telefooncel op het pleintje aan het eind van de straat. Ze wilde de telefoon in het huis niet gebruiken, want ze wilde praten zonder dat iemand het hoorde. Mam belde oom Wessel op.

Een huis, een droom, en weer op reis

Tante Eetje werd niet echt ziek. De volgende morgen liep ze weer in haar gebloemde duster door het huis. Haar gezicht was nog wel wat bleek en onder haar ogen waren donkere kringen. Die eerste dagen zei tante Eetje bijna niets. Ze praatte zelfs niet tegen Mam. Misschien had de schrik haar tong verlamd.

'Ze is gek,' zei John. 'De eerste dag toen we hier kwamen, wist ik al dat ze gek is. Weet je nog wel, toen ze met die grote kam het vloerkleed ging kammen? Ik dacht al: nou dame . . .' John tikte met zijn vinger tegen zijn voorhoofd. Hij haalde een zakkam uit Mams tas en kamde zijn haar over zijn voorhoofd. 'Hè, wat zijn die kinderen van jou toch slordig, Margje!' riep hij. 'Kijk eens hoe ze weer over mijn hoofd gelopen hebben. Altijd moet ik kammen, altijd moet ik kammen!'

Frances zei: 'Ik wou dat tante Eetje gewoon boos geworden was. Of héél erg kwaad, dat was ook wel goed. Wij hadden dan kunnen zeggen dat het ons spijt, en alles was weer gewoon.'

'Maar luister nou eens, ik weet niet eens waar ik spijt van moet hebben. Mam, waar moeten we spijt van hebben?' vroeg John.

Mam was bezig de vuile was uit te zoeken, ze had maar met een half oor naar hun gepraat geluisterd. 'Waar wil je spijt van hebben, John?' vroeg ze.

'Nou, kijk,' legde John uit, 'wij hebben vergeten onze laarzen uit te trekken. Oké, dat spijt me. En we hebben vergeten onze jassen op te hangen, o, o, wat erg! Maar goed, dat spijt me ook. Verder hebben we niets gedaan. We zagen het hondje niet binnenkomen, doordat we naar de brief keken. Als we hem wel gezien hadden was er niets gebeurd. Hoe moet ik daar dan spijt van hebben?'

'Tante Eetje baj krasta,' zei Luneige.

Mam legde uit dat er nu eenmaal verschillende soorten mensen zijn. Er zijn er die altijd hun huis heel netjes in orde willen hebben. Niet alleen schoon, maar ook moet elk dingetje op zijn vaste plekje staan. Als dat niet zo is raken ze in de war. 'Soms lijkt het haast wat op een ziekte,' zei ze.

'Een rare ziekte, hoor,' zei John. 'Daar hebben wij gelukkig geen last van. 't Is toch niet besmettelijk, he?'

Mam begon te lachen. 'Ik geloof dat wij een ziekte hebben, die op het tegenovergestelde lijkt. Ik kan zo vaak iets niet vinden, en dat is echt erg lastig. Van jou heb ik geen vuile sokken in de was, John, waar zijn die?'

'O, dat weet ik wel. Onder mijn kussen.' John haalde vijf vuile sokken uit zijn bed.

Frances zat nog wat over alles na te denken. Ze zei: 'We kunnen hier niet blijven.'

Dat was waar, ze konden beter niet in tante Eetjes huis blijven. Oma had gezegd dat ze weer bij haar mochten komen, maar ook dat leek niet een erg goed plan.

'Jullie gaan eerst een poosje naar oom Wessel,' zei Mam. 'In die tijd kan ik rustig een huis zoeken. Hij kan elke dag opbellen dat jullie kunnen komen. Dan breng ik jullie erheen.'

Oom Wessel hadden ze nog nooit gezien. Hij woonde ergens in het noorden van Nederland, buiten. Als ze daar moesten blijven tot Mam een huis had gevonden, hoe lang zou dat wel duren?

Op een dag, toen Frances en John uit school kwamen, zagen ze bij een huis de voordeur openstaan. Daar waren mannen aan het werk, want naast de stoep lag een berg zand met stenen. Een bestelwagen met zakken cement en planken stond ervoor op straat. Het huis zag er leeg uit. Ze klommen de treden van de stoep op en keken naar binnen.

'Wat mooi is het hier,' zei Frances. 'Er woont niemand. De huisbaas laat het opknappen om het te verhuren, denk ik.'

Ze liepen de hoge, brede gang in. De vloer was van wit marmer. Het was heel stil in het huis. Beneden waren twee grote kamers, met hoge schoorstenen, en witte plafonds met randen van bloemen. Achter het huis was een tuin. Het verdorde onkruid van de vorige zomer bedekte het grint. Het huis was vast al heel lang leeg. In het midden van die tuin stond een oude beukeboom.

'Een goed huis voor ons,' zei John. 'Als we het huren hoeven we niet naar oom Wessel. Hier achter kunnen we eten, en als het zomer is zetten we de deuren open. Daar de tafel, en de kruimeltjes gooi je zo naar buiten voor de vogels.'

'Laten we in de keuken gaan kijken. Mam houdt van een grote keuken,' zei Frances. Ze vonden hem aan het einde van de brede gang. De keuken was heel groot en pas geschilderd, zwart en wit en groen. Ook vanuit de keuken kon je in de tuin komen.

'Het lijkt mij leuk om in de keuken te eten, net als vroeger,' zei Frances. 'Maar er moet ook een grote kamer zijn voor mij alleen. Kom mee, we gaan boven kijken!'

Ze klommen de trap op en bekeken boven ook alle kamers. Het was echt een fijn huis. De kamers waren hoog en ruim, en ze hadden grote ramen. Overal waren de schilders aan het werk geweest. Het was een oud huis, dat kon je wel zien, maar daardoor was het juist ook zo prettig. Het was oud maar er was niets kapot, en zelfs zo, zonder meubels, zag het er al gezellig uit. Je hoefde er maar een paar bedden en tafels met stoelen in te zetten en je kon er lekker in wonen.

Toen ze in de badkamer keken schrokken ze even, want daar was een man aan het werk. Hij had een witte overall aan, en hij was bezig de kranen bij het bad in orde te maken. De man keek niet eens verbaasd en hij was ook niet boos, toen hij Frances en John zag.

Frances kon het beste Hollands praten, ze durfde het ook beter dan John. 'Meneer,' zei ze, 'wij huis zien?'

'Kinderen mogen hier niet binnen,' zei de man. 'Ik doe zo de deur op slot, het zit er weer op voor vandaag. Blijven jullie dus maar hier, en nergens aankomen met die vingertjes van je! Anders sluit ik jullie nog op, en dan zul je hier moeten blijven vannacht. Dat wordt huilen om je lieve mamma.'

Hij had een vriendelijk gezicht, maar ze verstonden nog niet de helft van wat hij zei. Wat ze ervan begrepen was dat ze mochten blijven, en dat hij Mam kende en haar lief vond. Raar was dat, ze hadden hem toch nooit gezien.

'Deze huis jou huis?' vroeg John en wees in het rond.

'Ja, was dat maar waar, dan had ik heel wat meer poen dan nu,' zei de man.

'Meneer,' zei Frances, 'wij komen van Amerika. Wij bij tante, wij moeten huis. Mijn moeder, zij vindt dit huis goed, ik weet zeker. Van wie zijn dit huis?'

De man begon te lachen. 'Komen jullie uit Amerika? Ik dacht al, wat praten die raar. Uit Amerika, nou, nou, dat is een heel eind weg. Ja, Amerikanen, die kunnen zo'n huis wel betalen! Maar de gewone arbeider, vergeet het maar.'

Frances opende haar schooltas en gaf de man een schrift en een pen. 'Jij hier schrijven? Van wie dit huis zijn?' vroeg ze.

De man krabde met de pen achter zijn oor en mompelde: 'Vooruit maar. Die rijke Amerikanen, ze doen maar.' En hij schreef in het schrift:

van Schelfhout, Keizersgracht 428, tel. 248961

'Dat is de huisbaas,' zei hij. 'En nou weg wezen!'

Ze hadden die morgen hun zakgeld gehad, en ze vonden dat ze best een kwartje konden uitgeven om in een telefooncel te bellen. Als ze het huis gehuurd hadden zouden ze het gauw aan Mam gaan vertellen. Wat zou ze blij zijn.

'Ik praat wel tegen hem,' zei Frances. 'Ik doe gewoon net of ik een groot mens ben. Anders denkt hij dat ik hem voor de gek hou.'

Meneer Van Schelfhout was alleen op zijn kantoor, zijn secretaresse was al naar huis. De telefoon ging.

'Met Van Schelfhout,' zei hij.

'U spreekt met Frances Siegel,' zei Frances in het Engels. 'Ik ben enkele weken geleden uit Amerika aangekomen, en ik zoek een huis in Amsterdam. Het huis moet groot genoeg zijn voor vier personen.'

Meneer Van Schelfhout was wel eens in Amerika geweest. Toen hij de stem van Frances hoorde, moest hij dadelijk denken aan een roodharig meisje dat hij daar ontmoet had, en waar hij erg verliefd op was geweest. Wat houden die Amerikaanse vrouwen toch lang meisjesachtige stemmetjes, dacht hij. En hij zei zo vriendelijk als hij maar kon:

'Bijzonder aardig van u, Miss Siegel, om mij te bellen. Wat gaf u het idee dat ik u van dienst zou kunnen zijn?'

'Ik hoorde van een vriend (Frances zag een witte overall voor zich en een badkuip met twee kranen) dat u een huis hebt dat nog niet bewoond wordt, en pas geverfd is, in de...'

Frances keek vragend naar John, en John trapte op haar teen en fluisterde: 'In de Van Eeghenstraat, stommerd!'

'...in de Van Eeghenstraat,' zei Frances.

'Aha!' zei meneer Van Schelfhout, 'ik begrijp het. Met hoeveel personen zou u daar willen gaan wonen?'

'Met mijn broer en met mijn zuster en met mijn moeder. Mijn moeder is niet meer zo jong...'

John begon gierend te lachen, zodat meneer Van Schelfhout het geluid hoorde dat een motorfiets maakt, wanneer hij wordt aangetrapt. Hij vroeg zich af hoe het mogelijk was dat een motorfiets vlak naast een telefoon stond. John moest zo

lachen dat hij bang was dat hij zou stikken. Hij stak zijn hoofd om de deur van de telefooncel.

'Nu, laten wij afspreken dat wij elkaar ergens ontmoeten om de zaak te bespreken. U zou morgen naar mijn kantoor kunnen komen. Waar logeert u nu?'

'In het Hiltonhotel,' zei Frances. 'Hoeveel is de huur van het huis?'

'Aha!' dacht meneer Van Schelfhout, ze logeren in het Hiltonhotel, één van de duurste hotels. Dan doe ik er nog honderd gulden bij, want dat kunnen ze wel betalen. En hij zei:

'Miss Siegel, ik kom morgenochtend om elf uur bij u in het Hiltonhotel. Helemaal geen moeite. De huur is negenhonderdvijftig gulden per maand. Wij zullen het ongetwijfeld wel met elkaar eens worden!'

'Wat doen we nu?' vroeg John, toen ze weer op straat liepen.

'Mam moet erheen,' zei Frances. 'Mam moet morgenochtend om elf uur in het Hiltonhotel met meneer Van Schelfhout praten.'

Maar daar voelde Mam helemaal niets voor. Ze was zelfs boos. Toen werd John ook boos. ''t Is een hartstikke mooi huis,' zei hij, 'en voor ons allemaal een kamer. En een tuin!'

'Maar veel te duur,' zei Mam. 'En haal niet meer zulke grappen uit. Als jullie weer eens een leeg huis zien, vertel het dan aan mij en probeer niet zelf zaken te doen.'

De volgende morgen belde ze Meneer Van Schelfhout op om het hem uit te leggen.

Diezelfde morgen was oom Wessel klaar gekomen met zijn werk. Hij leunde op de bezem en keek tevreden rond.

Oom Wessel woonde in een klein oud huis dat onderaan een dijk stond. Die dijk liep vanaf het kanaal, vlak achter het huis, kronkelend naar het dorpje Feernwerd. In de verte kon je de spitse kerktoren zien, en de schoorsteen van de steenfabriek. Vroeger was het huis een café geweest. De buitenkant was lang geleden wit geverfd, en er hing nog een bord op de muur met een groot glas bier erop geschilderd.

In de gelagkamer had oom Wessel zijn werkplaats. En op het toneeltje, waar vroeger het muziekkorps zat te spelen en de gymnastiekvereniging haar uitvoering gaf, stond oom Wessels bed.

'Nu nog de fietsen,' zei hij. 'Die kinderen moeten fietsen hebben. Die krijg ik ook nog wel klaar. Maar eerst koffie.' Oom Wessel praatte hardop tegen zichzelf, zoals mensen doen die veel alleen zijn. Oom Wessel was bijna altijd alleen.

Hij had die morgen de enige kamer in zijn huis opgeruimd en schoongemaakt. Dat was een heel werk geweest, want in die kamer kwam hij bijna nooit, en toch was het er een grote smeerboel geworden. Dorre bladeren en modder van een heel jaar lagen er in de hoeken. Hij had de ramen opengezet en de kachel aangestoken. Toen had hij de bedsteden uitgeborsteld, de bedden opgeschud, en hij was naar het dorp gereden om nieuwe lakens te kopen. Nu zette hij de bezem in een hoek en keek tevreden rond.

In het keukentje schonk hij een kom koffie in voor zichzelf. Hij tilde een grote witte poes uit de armstoel en zette die op zijn knie.

'Ja, Colette, straks wordt het huis vol, daar zul je aan moeten wennen. Drie kinderen!' zei hij tegen de poes. De poes begon hard te spinnen. Op de tafel bij het raam lag een grijze kater. Die kater heette Colére.

Oom Wessel dronk haastig zijn koffie op. Hij had zoveel te doen. In de werkplaats stonden drie fietsen ondersteboven op de vloer. Hij zocht in een rek naar verf en een kwast. Het kleine fietsje zou hij oranje verven, de jongensfiets rood, en de meisjesfiets blauw. Als dat gebeurd was zou hij zijn zuster Margje opbellen, want dan moest ze maar komen.

John droomde. Hij droomde dat hij in een vliegtuig zat en dat hij naar Amerika ging. Nog een paar uur vliegen, en dan zou hij Daddy zien! Hij verlangde zo erg naar Daddy, hij kon bijna niet wachten tot ze er waren. Door het kleine raampje keek hij naar buiten. Onder hem was de zee, met schitterende zilverkleurige golfjes. Toen zag hij een ander vliegtuig. Dat vliegtuig vloog de andere kant op, van Amerika naar Holland. Het kwam vlakbij; en daar zag John opeens achter één van de raampjes zijn vader zitten! Daddy zwaaide naar hem, en John zwaaide terug. Hij voelde zich heel erg verdrietig. Maar gelukkig, even later dook zijn vliegtuig omlaag, en het stond op de grond. John liep de trap af; hij kwam op een groot plein waar wel honderd vliegtuigen waren. Een stem zei: 'Deze gaat naar Amsterdam, stap vlug in.'

Nog maar pas zat John weer op een stoel bij een raampje, of het vliegtuig steeg al op. Daar ging hij weer, hoog boven de zee. Ze hadden nog niet lang gevlogen, of weer kwam van de andere kant een vliegtuig aanvliegen. Die gaat naar Amerika, dacht John. Het was zo vlakbij hem, als hij het raampje had kunnen opendoen zou hij zijn hand op de vleugel van het andere toestel kunnen leggen. En daar zag hij alweer Daddy zitten. Die keek hem verbaasd en bedroefd aan. 'Daddy! Daddy!' riep John heel hard. Hij werd wakker. John was zo helder wakker, dat hij wist dat hij niet weer in slaap zou vallen en verder dromen. Eigenlijk wilde hij dat ook liever niet.

Ik begrijp wel wat er is gebeurd, dacht hij. Daddy zag dat ik naar hem toe kwam vliegen, en toen heeft hij ook dadelijk een vliegtuig terug genomen, net als ik. Ik had in Amerika op hem moeten wachten. Maar als hij dan hetzelfde had bedacht en in Holland was gebleven, hadden we elkaar nooit gezien.

Nog niet eerder had John zo erg naar Daddy verlangd als nu. Hij had er pijn van in zijn buik. Hij stopte zijn hoofd onder het kussen, maar de pijn ging niet over. Het was net of er een zware steen in zijn buik zat. Warme tranen maakten zijn wangen nat en gleden in zijn mond, en toch huilde hij niet echt.

John kwam zijn bed uit. Hij keek in Mams kamertje. Haar bed was leeg, ze was nog beneden. Op zijn tenen sloop hij de trap af. Bij de deur van de zitkamer stond hij stil en luisterde. Daarbinnen hoorde hij de stemmen van tante Eetje en van Mam. Langzaam deed hij de deur open.

'Wat is er?' vroeg Mam. 'Kun je niet slapen?'

'Ik heb zo'n pijn in mijn buik,' zei John zacht.

'Kom maar even bij me zitten,' zei Mam. Hij ging op Mams schoot zitten en drukte zijn hoofd tegen haar hals. Mam sloeg haar arm om hem heen, ze veegde met haar hand een traan weg. Hij voelde een rilling over zijn rug gaan, en de buikpijn werd een beetje minder erg.

'Je hebt het koud,' zei Mam, en ze legde haar vest, dat over de leuning van de stoel hing, om zijn schouders.

'Zal ik een beker warme melk voor je maken?' vroeg tante Eetje. John schudde van nee.

'Wat ruik je lekker,' fluisterde hij. Mam hield hem nog wat steviger vast. Ze begon weer met tante Eetje te praten; ze hadden het over een film die ze op de televisie gezien hadden. John had zijn ogen dicht gedaan. Langzaam trok de pijn uit zijn buik weg. Er zat nu nog maar een klein, hard steentje in, leek het.

De telefoon ging. Oom Benno legde zijn krant weg en stond op. ''t Is voor jou, Margje, Wessel wil je spreken,' zei hij.

John zat alleen in de stoel en luisterde. 'Ja, ja, dat is beter,' hoorde hij Mam zeggen. 'Ja, dank je wel. Er is nog veel te doen, ik moet alles pakken. Natuurlijk kan dat! Wat zeg je? Morgen? Goed, ik bel nog even hoe laat. Dag!'

Mam stond een poosje voor zich uit te kijken voordat ze de hoorn weer op de telefoon legde. 'Wessel vraagt of ze morgen komen,' zei ze. 'En jullie moeten de groeten hebben.'

'Morgen al?' riepen tante Eetje en oom Benno allebei. En John sprong omhoog en riep: 'Gaan we morgen naar oom Wessel?'

'Hij zegt dat we kunnen komen. Laten we de knoop dan maar doorhakken. Vind je ook niet?' zei Mam tegen tante Eetje. 'Je moet natuurlijk doen wat je het beste vindt.'

Ze bleven nog een poosje zitten praten, tot Mam opstond en zei: 'Ik ga naar bed. 't Wordt morgen een drukke dag.' Ze gaf tante Eetje een zoen, en John ging met haar mee naar boven.

'Hoe is het met je buik?' fluisterde Mam toen ze in hun eigen kamer waren.

'Nog niet helemaal over,' zei John. 'Mag ik bij jou slapen? Dan kunnen we nog een poosje praten.'

'Een klein poosje dan, tot de pijn echt over is.'

Het was fijn om bij Mam in bed te liggen. Mam vertelde hem over oom Wessel, die heel alleen woonde in een huis ver van de stad. Ze moesten tweeëneenhalf uur met de trein reizen om er te komen, en ook nog een eind met de bus of een auto. Oom Wessel zou bij het station zijn.

'Het zal daar heel anders zijn dan hier,' zei Mam. 'Jullie zullen het er fijn vinden. Ik ga na een paar dagen terug naar Amsterdam. Zul je lief zijn, John? Geen ruzie met de meisjes maken?'

'We blijven daar toch niet voor altijd?'

'Nee hoor, tot ik een huis in Amsterdam heb gevonden. Dan kom ik jullie gauw halen.'

'Wat maken wij veel mee, hè?' John lachte.

'Ja, dat gaat zo als je een landverhuizer bent. Dat zijn wij toch, landverhuizers?'

John zag in gedachten weer dat vliegtuig langs hem vliegen met Daddy erin. Er was nog een klein beetje over van het verdriet. Hij vertelde zijn droom aan Mam.

Mam gaf hem een zoen, en zei: 'Daddy komt vast gauw hier,

als hij vakantie heeft. Hij verlangt ook erg naar jullie. Je moet nog een poosje geduld hebben. En nu moet je naar je eigen bed. Zo kunnen we allebei niet slapen.'

De volgende dag pakten ze weer hun koffers en hun tassen in. Voordat ze in de taxi stapten, gaven ze tante Eetje een zoen.
'Ben je blij dat we nou weggaan?' vroeg Luneige.
'Nee, nee, ik ben helemaal niet blij.' Tante Eetje huilde een beetje.
'Ik ben ook niet blij, ik vond het hier echt wel fijn,' zei Frances.
'Jullie moeten om de beurt een poosje komen logeren,' zei tante Eetje. 'En als het nodig is, Margje, je weet dat hier plaats is.'
Oom Benno ging mee naar het station om te helpen de koffers te dragen. Hij tilde ze een voor een in het net boven de bank. Ze gaven hem allemaal een hand, en oom Benno ging weg. Hij had bijna niets gezegd, alleen: 'Goede reis dan maar.'
Het was leuk om in een Hollandse trein te zitten. Ze hadden twee banken voor zich alleen, en daar zaten ze tegenover elkaar. Het was niet druk in de trein; er zat alleen nog een man aan de andere kant van het gangpad.
De trein begon te rijden. Het duurde lang voordat ze Amsterdam uit waren, en daarna kwamen ze weer door andere steden. Tussen de steden zagen ze stukken van het land, weilanden met rechte slootjes, die glommen als spiegels.
De meneer die vlakbij hen zat, hoorde dat ze Engels praatten, en vroeg: 'Waar komen jullie vandaan?'
John ging op de lege bank tegenover hem zitten, en vertelde hem over de reis met de ZAKOPANE en hoe ze eerst in Oma's huis hadden gewoond, en daarna in tante Eetjes huis.
'En kunnen jullie ook al Nederlands spreken?' vroeg de meneer. John knikte, en Frances zei in het Hollands: 'Een

beetje, een klein beetje kan ik het.'

'Goed zo,' zei de meneer, 'je spreekt het heel goed uit.' Frances bloosde ervan.

'Ik een beetje Hollands praten! Ik een beetje Hollands praten!' riep Luneige, en ze sprong op één been tussen de banken door.

'Zeg maar eens: achtentachtig kacheltjes,' zei de meneer tegen Frances. 'Als je dat goed kunt zeggen kan geen mens meer horen dat je uit Amerika komt.'

Luneige ging voor de meneer staan. Ze keek hem recht in zijn gezicht, en zei: Ajgte tajgte kajgetje, wat is dat nou, zeg?'

De meneer haalde een landkaart uit zijn tas. Het was de kaart van Nederland. Hij liet hen zien hoe de trein met een grote boog naar het noorden reed, eerst naar Zwolle en dan naar Groningen.

'In Groningen moeten wij eruit,' zei John.

'Daar gaat de trein ook niet verder,' zei de meneer.

Luneige moest naar de wc en ze wilde dat Frances met haar meeging.

Even later holde Luneige de coupé weer binnen. Met een klap schoof ze de deur dicht. 'Die wc is heel gek,' zei ze, 'de grond rijdt er heel hard onderdoor.'

Frances vertelde: 'Luneige vond het eng, ze dacht dat ze erdoor zou vallen.'

'Niet waar!' schreeuwde Luneige, en ze ging nog een keer naar de wc.

Deze keer moest John met haar meegaan. Daarna wilde ze nog wel twaalf keer naar de wc, en elke keer deed ze met een ernstig gezicht een heel klein plasje. Maar er moest ook elke keer iemand met haar meegaan om haar vast te houden.

Mam had koeken en chocola meegenomen, en toen er een man langskwam die een karretje voortduwde vol met eten en drinken, kocht ze chocomel en cola. Ze waren in Groningen voor ze er erg in hadden.

De vriendelijke meneer die de hele reis met ze had zitten praten, hielp de koffers op het perron te tillen. Haastig liepen
alle reizigers naar de uitgang. Mam keek naar alle kanten.
'Zal ik helpen de koffers naar een taxi te dragen?' vroeg de
meneer.
'Nee, nee, dankuwel,' zei Mam. 'Mijn broer komt ons halen,

hij zal zo wel komen.'

Het perron raakte leeg. John en Luneige gingen op hun koffer zitten. Er kwamen aldoor maar weer andere mensen langslopen, en hun trein raakte alweer vol met nieuwe passagiers. Even later reed de trein weg, de kant op vanwaar hij gekomen was, terug naar Amsterdam.

Het was niet prettig zo lang op dat winderige perron te blijven. Daarom brachten ze de koffers naar de voorkant van het station. Daar was een brede stoep van een stuk of zes treden. Ze gingen zitten en wachtten. Het wachten duurde lang, erg lang.

'Je hebt toch gebeld hoe laat we aankomen? Oom Wessel zou ons toch afhalen?' vroeg John.

'Misschien ben je wel vergeten hoe oom Wessel eruit ziet. Misschien is hij hier al geweest, en heb je hem niet herkend,' zei Frances.

'Dan zou hij ons toch wel zien.'

'Hij herkent jou ook niet,' zei John, 'je neus is zo hard gegroeid de laatste vijftien jaar.'

'Ha, ha, ha,' zei Mam, en ze snoot haar neus.

Wachten was vervelend en het was nog koud ook. Mam liep het station binnen. Ze wilde nog eens goed rondkijken, of haar broer daar misschien toch was.

John keek naar de bussen die langsreden, en naar de taxi's die stonden te wachten tot er mensen instapten, en dan wegreden. In de verte zag hij water, en boten. Een oude man zeulde een zware koffer de treden op, en een klein meisje droeg een wit poedeltje op haar arm. In een grasveldje voor het station stond een beeld van een man naast een paard. Het was een raar beeld en helemaal wit. Een kleine vrachtauto met een open laadbak reed vlak achter een bus. Hij was lichtblauw, en voor op de neus was een wiel vastgemaakt.

De bus stopte, en de vrachtauto bleef erachter staan. Er stapte een man uit met een lange, gebogen neus en een bijna kaal

114

hoofd. Hij morrelde aan de ruitenwisser van de vrachtauto en keek niet op of om.

John stak het stukje straat over. Hij keek nog eens goed. Die man had net zo'n neus als mam, maar veel groter. 'Hallo, oom Wessel,' zei John.

De man draaide zich om en zei: 'Zijn jullie daar eindelijk? Help me eens vlug om al die rotzooi van jullie achterin te gooien.'

Hij liep naar de anderen toe, en zonder een woord te zeggen tilde hij Luneige op, droeg haar de straat over en zette haar op de bank naast het stuur. Daarna pakte hij hun koffers op en gooide ze met een zwaai achterin de bak van de vrachtauto.

Oom Wessel was kleiner dan Mam. Zijn schouders leken twee keer zo breed als de schouders van andere mensen. Hij was verbazend sterk.

Ze reden al gauw de stad uit. Na een klein eindje over een drukke verkeersweg sloeg oom Wessel rechtsaf, en de vrachtauto ging verder over een smalle landweg tussen de weilanden door. In het westen ging de zon onder en kleurde de hemel rood en oranje en geel en paars. Strepen grijze wolken hingen stil in een wijde, snel donker wordende hemel. Achter de ramen van de boerderijen twinkelden lichtjes.

Ze zaten dicht op elkaar gepakt naast oom Wessel en keken naar het vreemde, onbekende land. Niemand zei een woord, maar dat gaf ook helemaal niet. Als je een lange reis achter de rug hebt en de avond valt is het niet nodig om te praten. Plotseling maakte de vrachtauto een scherpe bocht en ze hobbelden een hoge dijk af. Mam en de kinderen grepen zich vast aan het dashbord, om niet met hun hoofden tegen de ruit te botsen. Een witte kip vloog fladderend voor de koplampen weg. In het duister onderaan de dijk zagen ze bomen, een ingezakte schuur, en toen ook het huis. Even werden de lampen weerkaatst in een raam, zodat het leek of vlak voor hen een andere auto opdook. Toen stonden ze stil, en oom Wessel schakelde de lichten uit.

'Daar zijn we dan,' zei hij. 'Gaan jullie maar vast naar binnen. John, help jij even.' Hij sprong op de grond en tilde de koffers uit de laadbak.

De anderen waren buiten blijven staan. Ze wisten niet eens door welke deur ze naar binnen moesten. En daar, in dat stikdonkere huis, zouden ze de weg ook niet weten. Luneige zei dat ze het koud had en eten wilde.

'Nou, nou, naar binnen,' zei oom Wessel. Hij zei het niet erg vriendelijk, maar wel alsof het doodgewoon was dat ze nu met z'n allen dat huis binnen gingen. Alsof ze het al veel vaker hadden gedaan. Hij deed het licht aan in de gang en daarna in de keuken. De koffers zette hij in de gang neer.

'Moet deze ook hier?' vroeg John. Hij zeulde de zwaarste koffer van allemaal over de drempel.

'Ja, dat komt later wel,' zei oom Wessel. Hij sprak Engels alsof hij nooit anders gewend was en met maar een heel licht accent. 'Ik barst van de honger om deze tijd,' zei hij, 'wat staan jullie daar nou als een stel harken. Kom in de keuken en ga zitten.'

Ze hadden hun jassen zo lang bovenop de koffers gelegd. Luneige zat al met de poes Colette op schoot. De grijze kater Colére was met een kwaad gezicht achter de kachel gekropen. Mam was heel stil. Ze keek aldoor naar haar broer, die ze zoveel jaren niet gezien had. Met een zucht ging ze bij de tafel zitten.

Het keukentje was erg vol toen ze allemaal binnen waren. Oom Wessel was in de weer met een koekepan bij het gasstel. Hij brak zes eieren in de pan, en hij sneed er grote stukken ui boven en zwaaide met een bus peper. De tafel lag vol met kranten en boeken en vuile kopjes en gereedschap en een doos met spijkers en schroeven. Terwijl oom Wessel zijn handen achterlangs zijn broek afveegde, keek hij rond naar een plekje om al die rommel neer te leggen.

'Tja,' zei hij, 'voor mezelf heb ik maar een klein hoekje nodig... Margje, wat zul je me een barbaar vinden! Ik eet meestal maar uit de pan, en als ik een bord neem zet ik dat op een krant. Wat moeten we doen?'

Mam glimlachte even. 'Je bent nog net als vroeger,' zei ze, en Frances zei:

'We ruimen gewoon even de tafel af. Ik leg het hier neer, goed?' Ze pakte de boeken en kranten op en vond daar een plaats voor onder het tafeltje waar het gasstel op stond. 'Het gereedschap doe ik hier, oom Wessel, kijk,' en ze legde de andere spullen in een hoekje naast de kast.

'Prima,' zei oom Wessel, 'geniaal. Vrouwen... ze zijn raadselachtig handig. Dat was ik werkelijk een beetje vergeten.' Hij klom op een stoel om een zak met brood, die bovenop de kast lag, te pakken.

Oom Wessel had een krans grijs haar die over de kraag van zijn jasje krulde. Op zijn hoofd was een ronde, kale plek, die glom en dezelfde roodbruine kleur had als zijn gezicht en zijn handen, zoals mannen die veel blootshoofds in de buitenlucht zijn, dat hebben. John zag dat middenin die kale plek op oom Wessels hoofd een paar rimpels omhoog trokken. Het leek net of zijn achterhoofd lachte. Maar toen oom Wessel van de stoel af klom, keek hij heel ernstig.

'Ik heb nog wel wat schone kranten,' zei hij, 'leggen jullie die dan maar op de tafel.'

'Nee,' zei Frances, 'dat is helemaal niet gezellig. Ik zal die tafel wel even schoonmaken.' Ze vond een ontzettend vieze lap in de gootsteen, en met die lap ging ze, nadat ze hem had uitgespoeld, de tafel boenen. Na een poosje waren er een paar lichtbruine plekken in het donkere hout te zien. 'Als we het elke dag doen is de tafel in een week schoon,' zei ze.

'Is dat nou zo belangrijk? Je eet toch niet van een tafel, je eet toch van een bord?' zei Luneige.

Oom Wessel lachte. Hij lachte tegen Luneige en zei: 'Ze zijn handig, en een enkele is zelfs ook nog verstandig.'

John was vlug achter oom Wessel gaan staan, op zijn tenen. En ja hoor, die rimpel was er weer op zijn kale schedel. Oom Wessel kon van voren en van achteren lachen. John zei in Zakopane-taal: 'Soto wajoe!' (Kijk naar zijn hoofd!)

Frances keek, maar ze zag het niet. 'Mànda?' vroeg ze. (Wat is er?)

'Soto, brasa wajoe!' (Kijk, hij lacht met zijn hoofd!)

'Wat dacht jij dan, dat hij met zijn voeten lacht?' zei Frances, ook weer in Zakopane.

'Wat praten jullie voor raar taaltje?' vroeg oom Wessel. 'Is dat Baltimores dialect?'

Ze schudden allebei hun hoofd en zeiden niets.

'Gewoon Zakopane,' vertelde Luneige hem. 'Ze zeggen: brasa wajoe, dat betekent dat jij met je hoofd lacht. Dat is onze taal, weet je, Zakopanetaal.'

Oom Wessel ging op een stoel zitten. Hij vergat de eieren, en Frances draaide het gas uit.

'Margje, heette jullie schip niet zo, ZAKOPANE?' vroeg hij. Mam knikte.

'We hebben zelf een taal gemaakt,' vertelde John. 'Die is veel gemakkelijker dan Hollands.'

'Heel goed, heel goed. Het beste wat je kon doen, gezien de omstandigheden'

Oom Wessel keek Mam aan, en daarna John en Frances en Luneige. 'Dus daar in Amsterdam zeiden jullie tegen elkaar, waar iedereen bij was: Die lui zijn gek! Oom Benno is te dik! En meer van zulke dingen?'

John knikte.

'Niet erg beleefd van ze, hè?' zei Mam

Oom Wessel pakte John en Frances allebei bij een schouder en kneep hard. 'Beleefd!' riep hij, 'wou je me soms vertellen

dat jij geprobeerd hebt die kinderen beleefd te maken? Dat
zag ik al meteen, nog voordat ik de wagen stil had voor het
station, en ik dat stelletje vagebonden op de stoep zag zitten
met hun tassen en hun konijnen...'

'Konijnen?' vroeg Frances.

'Ja, Konijnen. Wat is dat dan wat zij daar in haar arm wiegt?'
En hij knikte naar Luneige, die niet alleen met de poes maar
ook met Peter-Rabbit op schoot zat, en oom Wessel met grote
ogen aankeek.

'Ik zag het dadelijk. Wesseltje, m'n schat, zei ik tegen mezelf, dat zijn gelukkig geen afgelikte opgepoetste mafmiezertjes, daar kun je vergif op innemen.'

'Wesseltje m'n schat?' herhaalde Frances verbaasd.

'Natuurlijk, m'n kind,' zei oom Wessel, 'als je jaar in jaar uit in je eentje rondscharrelt in het leven, dan moet je wel eens iets aardigs tegen jezelf zeggen. De kippen doen het niet, en de katten ook niet. En zelfs mijn auto, die ik toch met zoveel liefde verzorg, heeft me nog nooit een compliment gemaakt. En nou aan tafel, allemaal.'

Luneige liet zich van haar stoel afglijden en legde Peter-Rabbit bij Mam op schoot. Ze ging naar oom Wessel toe, sloeg haar armpjes om hem heen, en zei: 'Wesseltje, m'n schat, ik vind het hier leuk en ik sterf van de honger!'

Oom Wessel maakte haar handjes achter zijn benen los, en zei bars: 'Nou geen gezeur, zeg, ga op je stoel zitten,' en hij smeet een bergje vorken en messen middenop de tafel.

Na het eten liet hij hun de kamer zien waar ze moesten slapen. Er waren twee bedsteden, één voor John, en één voor Frances en Luneige samen. Mam moest zolang op een oude divan slapen. Dat was niet erg, omdat ze toch een paar dagen zou blijven. Het was een beetje donker in die kamer. Aan de binnenkant van de ramen waren luiken, die nu gesloten waren. Er brandde maar één lamp, die niet veel licht gaf.

Toen ze de volgende morgen wakker werden scheen de zon naar binnen. Die plekken zonlicht hadden de vorm van een hart. Dat kwam doordat in allebei de luiken een hartje was uitgezaagd. Het licht was zo fel dat je je ogen moest dichtknijpen als je ernaar keek.

Bij oom Wessel

Al na één dag waren ze aan oom Wessel en zijn huis gewend. Een paar dagen nadat ze gekomen waren ging Mam terug naar Amsterdam. Ze ging zo lang weer bij Oma logeren. Nu had ze ook meer tijd om naar een huis te zoeken, en aan iets anders kon ze bijna niet meer denken.
De kinderen leerden fietsen. Een week later gingen ze al elke dag op de fiets naar de school in het dorp. Luneige kon het nog niet zo goed; zij moest nog bij Frances of bij John achterop zitten. De kleuterschool stond naast de grote school, dat was dus wel gemakkelijk. Ze konden altijd met z'n drieën samen gaan.
Het was moeilijk wennen op de nieuwe school. De kinderen hier waren heel anders dan de kinderen in Amsterdam. De meesters en de juffen waren ook anders. Maar die praatten tenminste gewoon Hollands in de klas.
Die dorpskinderen praatten een taaltje waar ze niets van verstonden. Gronings, heette dat, plat-Gronings. En ze vonden alles wat Frances en John en Luneige deden raar, en dat lieten ze goed merken. De kleren die zij droegen vonden ze ook raar, en de trommeltjes waar ze hun boterham en een sinaasappel in meenamen, zelfs ook.
'Ik verdom het om alweer een andere taal te leren,' mopperde John. 'Laten zij maar Engels leren.'
Dat deden die kinderen in het dorp natuurlijk niet. Ze kregen hier geen vriendjes en vriendinnetjes. Misschien kwam dat ook wel doordat ze altijd dadelijk na schooltijd op hun fietsen stapten en wegreden. Het huis van oom Wessel lag ver van

het dorp. En als ze daar eenmaal waren hadden ze zoveel te doen, dat ze niet meer aan de school of aan andere kinderen dachten.

Het was voorjaar geworden. Aan de bomen op het erf zaten al kleine blaadjes. In de weilanden liepen lammetjes en veulens. Aan de kant van het kanaal was een zwanenest, een groot nest dat zomaar op de grond lag. De zwanen zaten te broeden. Ze mochten er niet dichtbij komen, had oom Wessel gezegd. Zwanen zijn gevaarlijk als ze op eieren zitten of jongen hebben. Ze konden je dan wel eens aanvallen, en het zijn grote vogels met geweldig sterke vleugels.

In het begin begrepen ze niet zo goed wat voor werk oom

Wessel eigenlijk deed. Meestal was hij met motoren bezig, buiten of in zijn werkplaats. Achter het huis stonden een paar oude auto's. Die knapte hij op, om ze later weer te verkopen. Hij haalde de motoren eruit en droeg ze naar binnen. Daar haalde hij ze helemaal uit elkaar. Soms leek het wel of hij maar wat liep te klungelen. Als hij zo bezig was waren zijn handen zwart van de kruipolie.

Op sommige dagen zat oom Wessel bij de keukentafel met boeken en papieren. Als de kinderen dan uit school kwamen keek hij ongeduldig op, en zei: 'Ga buiten spelen. Ik roep wel als het eten klaar is.'

'Wat doe je toch, Wesseltje?' vroeg Luneige op een keer.

'Ik vertaal en hou je mond,' zei oom Wessel.

'Wat vertaal je dan? Een verhaaltje voor mij? Is het Engels of Nederlands?'

'Een verhaaltje voor grote mensen. Uit het Grieks. Hoepel op, Luneige, ik zeg het nu nog beleefd.'

Luneige trok een heel boos gezicht. Ze ging bij de deur staan, en stampte met de hak van haar schoen op de vloer. Dat was een akelig geluid, vooral als je wilde werken en daar je hoofd bij moest houden. Op de maat van het stampen zong Luneige: 'Grote-mensen-verhaaltjes zijn vies! Grote-mensen-verhaaltjes zijn vies!'

Oom Wessel deed een poosje of hij niets hoorde. 'Luneige, rot op!' riep hij opeens.

Daar raakte Luneige niet door van haar stuk. 'Ook goed, als je van mij geen goede raad wilt aannemen,' zei ze. 'Anders had ik je wel gezegd wat je moet doen. Je kunt veel beter je verhaaltjes voor kinderen schrijven, zie je. Want kinderen luisteren tenminste, en grote mensen luisteren helemaal nooit!' Ze trok de deur heel zachtjes achter zich dicht.

Oom Wessel bleef een poosje met zijn hoofd in zijn handen zitten. Hij krabde zich in zijn nek. Wat een kreng, dacht hij, en het ergste is dat dat kleine wurm misschien nog gelijk heeft ook.

John en Frances vonden het niet zo erg als ze uit de keuken weggestuurd werden. In het oude schuurtje, waarvan het dak aan één kant was ingestort, konden ze goed spelen. Al die eerste week maakten ze daar een winkel. Er waren een hoop oude blikken en potten, kapotte pannen en kistjes bij de vuilnishoop te vinden. In die blikken en pannen schepten ze kluiten natte klei met planten. Het werd dus vanzelf een bloemenwinkel. De grote wilde zuring stak juist weer zijn gekrulde bladeren boven de grond, en ook de rabarber zijn grappige roze stelen met geelgroen blad.

Maar eigenlijk verkochten ze van alles in hun winkel, dingen

die ze in de schuur en om het huis gevonden hadden. Mooie scherven, een hoefijzer, glazen potjes, kapotte klompen, en zo. Ze hadden alledrie hun eigen toonbank, een plank die wiebelend op een paar bakstenen lag.

Als oom Wessel er zin in had speelde hij voor klant. John zat op zijn hurken met zijn zwarte gleufhoed op achter zijn toonbank. Oom Wessel kocht een mooie scherf van hem.

'Dank je wel,' zei John, en hij stak met een blij gezicht het dubbeltje, dat oom Wessel hem gaf, in zijn zak.

De klant ging nu bij de uitstalling van Frances kijken. Er stond ook een paar witte schoenen met hoge hakken tussen. Maar die had oom Wessel niet nodig. Hij kocht een pol weegbree in een verroest olieblik van Frances, en betaalde daar ook een dubbeltje voor.

Eindelijk was Luneige aan de beurt. Op haar toonbank zag oom Wessel, tussen een heleboel andere dingen, een heel mooi blauw schoteltje. Er stond een dame op geschilderd met een witte hoofddoek en een krans van gouden stralen om haar hoofd. Er zat een barst in het schoteltje, en er was een hoekje uit. Toch vond oom Wessel dat het allermooiste wat er bij was.

'Dat schoteltje,' zei hij, 'dat wil ik kopen.' En hij stak Luneige een dubbeltje toe.

'Nee,' zei Luneige, 'dat krijg je niet. Want dat is niet te koop.'

Oom Wessel zuchtte eens. 'Geef me dan die blikopener maar,' zei hij. 'Toevallig kan ik juist vandaag nergens een blikopener vinden.'

'Zal ik het voor je inpakken?' vroeg Luneige.

'Ja, graag.'

Luneige had een stapel kranten. Ze pakte de blikopener in een krant. Ze had ook een rol plakband en een schaar, en heel zorgvuldig plakte ze het pakje aan alle kanten dicht. Pas toen dat klaar was nam ze oom Wessels dubbeltje aan.

's Avonds kookte oom Wessel eten. De ene dag maake hij rijst met bruine bonen, dan weer eens kool met speklapjes, of macaroni met kaas en tomaten. Aan aardappelen schillen had hij een hekel, en daarom aten ze nooit aardappelen. Over alles wat hij kookte gooide hij een paar flinke scheppen peper en paprikapoeder, en een paar tenen knoflook. Het eten brandde op je tong.

De kinderen hielden wel van dat pittige eten. En doordat ze zoveel in de buitenlucht waren, hadden ze een flinke honger. Oom Wessel zat tevreden naar ze te kijken, als ze snel hun diepe borden leeg aten, met grote lepels vol. Hij zei: 'Ik dacht dat kinderen alleen van zoete kost hielden, van pudding en dergelijke rotzooi. Ik ben blij dat jullie dezelfde smaak hebben als ik.'

'Alles op zijn tijd,' zei Frances. 'Soms zoet, en soms zout en peperig. Weet je wat lekker is? IJs met warme chocola.'

Oom Wessel rilde. 'Dat krijg je van mij niet,' zei hij. 'IJs met chocola – ik zou net zo goed meteen met de moker je tanden eruit kunnen slaan.'

'In Amerika aten we altijd ijs,' zei Luneige. 'En van Daddy

kregen we elke zondag coca-cola.'

'Hebben jullie dan ijzer in je buik?' vroeg oom Wessel. 'Met coca-cola kun je goed ontroesten, weet je dat wel?'

Op zaterdagmorgen kwam Mam, en op zondagavond ging ze weer weg. Luneige mocht met oom Wessel mee in zijn vrachtauto naar het station in Groningen rijden om Mam van de trein te halen. Elke zondagavond zeiden ze: 'Hè, je kunt best een dagje langer blijven! Doe het maar.'

'Nee,' zei Mam dan, 'ik ga vanavond terug. Dit is het goedkoopste, want nu reis ik met weekendretour, en als ik langer blijf kost het haast twee keer zoveel. En morgen moeten jullie toch naar school.'

John en Frances gingen nooit mee Mam afhalen. Zij ruimden het huis op, zodat het er netjes uitzag als Mam kwam. Dat hadden ze zo met oom Wessel afgesproken. Op de andere dagen kwam er niet veel van opruimen terecht. 'Jullie moeder hoeft niet te weten dat we hier met ons vieren leven als echte vagebonden,' had oom Wessel gezegd. 'De meeste moeders kunnen daar niet erg goed tegen. Dus op zaterdagmorgen: opruimen. Het moet elke keer weer opnieuw een verrassing zijn.'

Ze moesten dan wel even hard werken. Het was niet meer dan een half uur rijden naar het station, en ook weer een half uur terug. In een uur tijd moest alles klaar zijn. In een vliegende vaart maakten ze de bedden op, ruimden het aanrecht leeg, gooiden rommel weg en oude kranten, maakten de etensbakjes van de katten schoon, en nog veel meer.

Als het mooi weer was zetten ze de ramen en de deuren open, en dan veegden ze met de bezem de vloer van de keuken en van de gang en van de kamer aan. Ze zagen de vrachtauto al in de verte over de dijk aankomen.

'Vlug, vlug! De vuile kleren in een hoek!' riepen ze. 'Breng jij die vieze schoenen weg? Ze zitten vol kluiten modder en klei.'

'Ja, maar waarheen?'

'Leg ze maar zolang in het schuurtje. Als Mam het maar niet ziet.'

Als dan de vrachtauto voorbij de laatste bocht reed en even niet te zien was achter de vlierbosjes, plukten ze gauw nog een paar bloemen. Die zetten ze in een glas water op de keukentafel. Een ketel water stond al op het gasstel te dampen, en de gemalen koffie zat al in de koffiefilter.

'Zijn jullie daar eindelijk?' riepen ze, als Mam binnenkwam. 'Wat hebben jullie langzaam gereden!' En ze lieten vooral niet merken dat ze nog hijgden en zweetten van het haasten.

'Het is hier echt gezellig, en wat een mooie bloemen,' zei Mam altijd. Ze ging bij de tafel zitten, trok John en Luneige tegen zich aan, en knikte Frances toe. 'Heb je al koffie, Frances? Wat fijn. Nergens krijg je zulke lekkere koffie als wanneer jij ze zet.'

Frances schonk de kopjes vol voor oom Wessel en Mam, en bekers chocola voor hunzelf.

Ze hadden in die weekends veel te doen. Mam keek hun kleren na, waste ze en zette lappen en nieuwe ritssluitingen in hun broeken. Ze maakten ook lange wandelingen door de weilanden, en deden boodschappen in het dorp. Op zondag zaten ze heel lang aan tafel te ontbijten, want ze hadden elkaar veel te vertellen. Later deden ze spelletjes, of Mam las voor. Voordat ze het wisten was het alweer zondagavond, en dan bracht oom Wessel Mam weer naar het station.

Dat ging nu al heel wat weken zo. Het leek haast of het altijd zo zou blijven. Op een keer zei Mam: 'Wessel, ik weet niet wat ik beginnen moet. Ik kan nog steeds geen huis vinden in Amsterdam. En ik vind het zo vreselijk dat ik de kinderen bij jou moet laten.'

'Als de kinderen het maar niet vreselijk vinden,' zei oom Wessel. 'Het gaat hier heus wel goed. Wees toch niet zo bang, Margje.'

'Kom dan ook hier wonen,' zei Frances. 'Zullen we hier een huis zoeken?'

'Hier zijn geen huizen,' zei oom Wessel. 'Alleen huizen die je kunt kopen. De rijke mensen uit de stad hebben alles bedorven, voor het kleinste arbeidershuisje betalen ze kapitalen. Gewone mensen hebben geen kansen meer.'

'Nee,' zei Mam ook heel beslist, 'ik blijf zoeken in Amsterdam. Daar wil ik een huis vinden en een baan. En later ook studeren.'

Toen Mam die avond weg was, zei John: 'Waarom wil ze toch studeren? Waar is dat nou voor nodig?'

Voor het eerst werd oom Wessel toen echt een beetje boos. 'Natuurlijk wil je moeder studeren, dat heeft ze haar hele leven al gewild. Gewoon omdat ze er lol in heeft. En een betere reden kan een mens toch niet hebben! Zeur daar nooit meer over, John.'

'Op school is het zo leuk anders niet,' zei John toch nog. En Frances zei: 'In Groningen kun je ook studeren.' Maar oom Wessel wilde er niet meer over praten.

Toen ze eens van school naar huis fietsten, zagen Frances en John langs de kant van de weg een poes liggen. Het was een grijsgestreepte poes, en zijn ene achterpoot hing er vreemd slap bij. Frances tilde hem op, en de poes gaf een schreeuw van pijn. Vlug legde ze hem weer neer in het gras. 'Hij is gewond,' zei Frances.

'Hij zal wel een klap van een auto hebben gehad.'

'Waar zou hij wonen?'

'Misschien op die boerderij, daar.'

Een eindje verder was een boerderij, een paar honderd meter het land in. Een smal weggetje liep ernaartoe. Ze waren nog nooit dichtbij die boerderij geweest.

'Zullen we hem daarheen brengen?' stelde Frances voor.

John legde zijn jas op de grond, en heel voorzichtig schoven ze de gewonde poes daarop. Samen tilden ze de jas op, en de poes lag erin als in een kleine hangmat. Zo droegen ze hem naar de boerderij. Voor het huis stond een glanzende rode auto, een Opel was het. Ze belden bij de voordeur, maar er werd niet open gedaan. Daarom liepen ze achterom en keken in de schuur. De boer was achteraan het erf bezig mest op een kar te laden. Ze gingen naar hem toe.

'Is deze poes van u?' vroeg Frances.

'Ja, dat kan wel zijn,' zei de boer. Hij keek maar heel even naar het zieke dier.

'Hij is gewond,' zei John.

'U moet de dierendokter bellen,' zei Frances.

De boer stak de mestvork in de mest, schoof zijn pet wat naar achteren, keek nog eens naar de poes en toen naar de kinderen, en zei: 'Katten zijn d'r genoeg hier om het huis. Als dat beest niet kan lopen zal ik hem wel afmaken.'

'Afmaken, wat is dat?' vroeg Frances.

'Hij moet dood,' zei de boer. 'Hij haalt het toch niet.'

'Als u hem niet wilt hebben, nemen wij hem wel mee,' zei John.

'Mij best,' zei de boer.

Ze bleven nog even staan en keken om zich heen. Het was een mooie grote boerderij, en alles zag er even netjes en verzorgd uit. Naast het huis was een moestuin, en een gloednieuwe tractor stond onder een afdak. Die boer is vast heel rijk, dachten ze.

'Hebt u ook kinderen?' vroeg John.

'Nee, ik heb geen kinderen,' zei de boer. 'Ik ben nooit getrouwd.'

'Woont u hier dan alleen?'

'Ja, ja.'

'In dat grote huis?'

'Waarom niet? Het is toch van mij. Nou, geluk met de kat.'

En hij ging weer verder met zijn werk.

Thuis legden ze de arme poes op een kussen in een hoekje van de kamer. Ze hielden de kamerdeur goed dicht, zodat Colette en Coläre er niet binnen konden komen. Ze gaven de poes wat melk met water te drinken. Eerst wilde hij niet drinken, maar Frances duwde zijn snuitje in het kommetje, en toen dronk hij toch. Telkens gingen ze even naar hem kijken. Als ze bij hem kwamen, kneep hij zijn ogen stijf dicht. Maar als ze hem aaiden, begon hij hard te spinnen.

Na een paar dagen werd de poes een beetje beter. Hij probeerde door de kamer te lopen. En hij poepte en plaste op een bak met zand, die ze voor hem hadden neergezet.

'Nu hebben wij een eigen poes,' zei Luneige blij. 'Hij moet een naam hebben.'

Oom Wessel wist wel een naam. 'Die kat heeft geluk gehad, dat jullie hem gevonden hebben,' zei hij. 'Als dat niet was gebeurd was hij dood gegaan van honger en dorst. Of er was een auto over hem heen gereden. Noem hem maar Mazzel, dat betekent 'geluk'.'

'En als die boer hem had gevonden, had hij hem afgemaakt,' zei John.

'Is die man echt zo gemeen?'

'Welnee, maar boeren houden niet erg van katten. Ze willen ze meestal niet in huis hebben. Die boer is een oude vrijgezel, hij heeft zijn leven lang gepot, en moet erg rijk zijn. Dat zeggen ze tenminste.'

'Hij heeft een mooie nieuwe auto,' zei Frances.

'Natuurlijk. Een auto om mee naar de koeien te rijden,' lachte oom Wessel.

Mazzel werd helemaal beter. Toen Mam die zaterdag kwam, sprong hij plotseling bij haar op schoot. Hij blies tegen Coläre, die hem bij de etensbak wegjoeg. Voorlopig kreeg Mazzel zijn eigen eten in de kamer. Maar hij zag vaak kans om ook nog het eten van de andere katten in de keuken op te eten.

Frances en John hadden een plan bedacht. De hele week

hadden ze aan de mooie boerderij moeten denken, waar misschien wel vijf of zes kamers in waren. En waar toch maar één mens in woonde. En aan de glanzende, rode Opel, die voor de deur stond, en aan de moestuin vol groente en aardbeien en bessestruiken. Toen ze die zaterdagavond naar bed moesten, zeiden ze tegen Mam: 'Wij willen even met je praten. Zonder Luneige erbij.'

'Dan zal het ook wel niet voor mij bedoeld zijn. Ik ga wel naar mijn eigen vertrek,' zei oom Wessel.

'We willen je niet wegjagen, maar dat lijkt ons beter,' zei John.

Ze zaten in de keuken, Mam en Frances en John. 'Vertel het maar,' zei Mam.

'Doe jij het maar,' zei John tegen Frances.

Frances had een kleur. 'Het zit zo,' begon ze. 'We kennen een boer die woont hier vlakbij. Hij is erg eenzaam. Want hij woont heel alleen in een hele grote boerderij. En hij heeft veel geld. En ook een auto.'

'En een tractor,' zei John.

'Dat is niet zo belangrijk,' zei Frances. Ze wist niet goed wat ze nog meer zou zeggen.

'Nu?' zei Mam, 'wat is er met die man?'

'Kijk,' zei Frances, 'we hadden zo gedacht. Wij willen alledrie wel graag hier buiten blijven wonen. Maar ik weet ook wel dat we niet voorgoed bij oom Wessel kunnen blijven. En jij wilt studeren, maar dat kan ook in Groningen. Dat weet ik zeker.'

Even was het stil. Frances haalde een keer diep adem, en ging voort: 'Dus als jij met die boer trouwde, zou alles in orde komen. Dan hadden we een groot huis. En een auto, daar kun je mee naar de stad rijden, naar college. En het zou zo gezellig zijn, vlakbij oom Wessel. Hij zou het ook fijn vinden. En je hoeft dan ook geen baan te zoeken.'

Ze durfden geen van beiden Mam aan te kijken. Ze hadden

allebei hun voeten op een sport van hun stoel gezet en wiebelden met hun tenen. Daar keken ze naar. Mam zei niets; ze stond op en zette de vuile kopjes in de gootsteen. Ze liet een harde straal water op de kopjes plensen. Het spetterde de keuken in, tot op de tafel. Ze stond met haar rug naar hen toe en zei nog steeds niets. Eindelijk draaide ze zich om. Haar spijkerbroek was van voren helemaal nat door het gespetter van de kraan.

'Hebben jullie daar met die man over gepraat?' vroeg ze.

'Nee, natuurlijk niet,' zei Frances verontwaardigd. Opeens begon Frances te giechelen, heel zenuwachtig. John gaf haar onder de tafel door een trap.

'Laten we één ding goed afspreken,' zei Mam. Ze keek John en Frances om de beurt recht in hun ogen. 'Als iemand wil trouwen bedenkt hij dat zelf, samen met wie hij trouwen gaat. Niemand mag een ander zeggen met wie hij trouwen moet. En verder moeten jullie goed in je oor knopen wat ik nu ga zeggen. Ook al is het nog zo moeilijk hier in Holland, en ook al valt het allemaal nog zo tegen, ik heb er geen spijt van. We fiksen het wel, wij met ons drieën en Luneige. Daar hebben we niemand bij nodig. En nu naar bed. En we praten hier nooit meer over.'

Ze gaven Mam een zoen en gingen naar bed.

Over een week zou John jarig zijn. Hij zag er een beetje tegenop, want het zou wel een heel andere verjaardag worden dan andere jaren.

'We vieren het toch op zondag, als Mam er is?' zei hij tegen oom Wessel.

'Dat lijkt mij ook het beste.'

John was bij oom Wessel in zijn werkplaats. Hij keek toe hoe die bezig was een autoradio uit elkaar te halen. John verveelde zich een beetje die dag. De meisjes zaten in de keuken een brief aan Daddy te schrijven. Frances schreef en Luneige tekende. John had er geen zin in, hij wist niet wat hij zou schrijven. Ze hadden al heel lang niets van Daddy gehoord. Hij was nieuwsgierig of Daddy hem een kadootje zou sturen, en wat dat zou zijn.

'Is er wat? Kun je je ei niet kwijt?' vroeg oom Wessel.

'Nee, er is niks.'

'Help mij dan maar een beetje. Zoek eens een doosje om deze draadjes in te doen. Die mogen niet wegraken.'

'Weet je,' zei John nadat ze een hele poos allebei niets gezegd hadden, 'ik begrijp tegenwoordig alles niet meer zo goed. Vroeger wel, toen was alles gewoon.'

Oom Wessel zei niets. Maar toen John niet verder ging, keek hij hem eens aan.

'Toen we nog bij Daddy woonden hadden we het fijn,' zei John. 'En daarna in Fell's Point, hadden we het ook fijn. Toen kwamen Stephan, mijn vriend, en zijn moeder bij ons wonen en toen hadden we het ook fijn. En toen gingen we naar Holland, nou, en op de ZAKOPANE vond ik het ook fijn. En bij Oma in huis was het best leuk, en in tante Eetjes huis... dat was niet zo leuk. Nou, en hier is het natuurlijk ook goed, weet je. Maar waarom kan het nooit eens een hele poos hetzelfde blijven? Waarom verandert alles zo vaak?'

Oom Wessel legde het hele kleine schroevedraaiertje waar hij mee bezig was, neer. Hij haalde een grote vuile zakdoek uit zijn zak en snoot zijn neus. Toen ging hij weer aan het werk. Na een poosje zei hij: 'Jullie, Frances en Luneige en je moeder en jij, zijn een beetje aan het zwerven geraakt. Maar als jullie al die tijd in hetzelfde huis waren gebleven zou alles net zo goed ook veranderen. Het maakt dus niet zoveel verschil.'

'In Daddies huis is alles nog hetzelfde.'

'Dat denk je maar. Als je daar nu eens naar binnen kon kijken, zou je zien dat er heel veel veranderd is. Dat gebeurt elk uur van de dag. Ik woon hier al heel lang, maar ik zie het ook gebeuren. Het huis verandert, de katten, de bomen,

134

en ikzelf.'

'Omdat je oud wordt.'

'Niet alleen dat je oud wordt, je wordt anders. Dat bedoel ik. Je kunt maar één keer in dezelfde rivier stappen, heeft Herakleitos gezegd.'

John moest lachen. 'Ik kan best twee keer in een rivier stappen,' zei hij.

'Nee, m'n jongen, dat kan geen mens,' zei oom Wessel. 'Als je de tweede keer in een rivier stapt, is het een heel andere rivier geworden. Het water stroomt, het is niet meer hetzelfde water.'

'O ja, ik begrijp het. En er zwemt toevallig een andere vis langs.'

'Precies. En er komt juist een wolk voor de zon, en jij hebt kippevel.'

'Wie zei dat, van die rivier?' vroeg John.

'Herakleitos.' zei oom Wessel.

'Wie is dat? Komt hij wel eens hier?'

Oom Wessel lachte zachtjes in zichzelf. 'Hij komt hier geregeld,' zei hij. 'Meestal ligt hij onder mijn bed.'

John haalde zijn schouders op. Grotemensengrappen, dacht hij, en hij ging naar de keuken om toch maar een brief te schrijven.

Maar later, toen oom Wessel aan het eten koken was, ging hij in de werkplaats kijken.

Het was een grote ruimte. Voor het raam stond de werkbank vol rommel en dotten poetskatoen. Op de vloer lagen stukken van een motor, en een wiel stond tegen de muur aan. De tl-buis boven de werkbank brandde.

Op het toneel van de oude gelagkamer was het wel een beetje gezellig. Daar leek het iets meer op een gewone kamer. Oom Wessels bed stond er, en een kist met een lamp erop, en een kast. John keek onder het bed.

Hij zag daar een paar schoenen, en een kofferschrijfmachine.

Er lagen ook nog een stuk of wat dikke boeken. John bladerde eens in één van die boeken. Elke bladzij was vol gedrukt met hele vreemde letters; hij kon er geen woord van lezen. Dat is nog beter dan onze Zakopane-taal, dacht hij, gekke letters, maar ze zijn wel mooi.

John sloeg het boek dicht en ging weer naar de keuken.

Diezelfde avond belde Mam op. Frances had de telefoon aangenomen, en de anderen stonden dicht om haar heen. 'Ik heb groot nieuws,' zei Mam, 'Daddy komt, misschien al heel gauw.'

'Daddy komt!' gilde Frances. 'Stil nou, ik praat eerst. Mam, we gaan allemaal naar Schiphol hoor, we komen wel met de trein. Dat kunnen we heus wel,' zei ze opgewonden. Luneige hing aan haar arm, en John duwde haar bijna omver.

'Nee,' zei Mam, 'dat doen we niet. Allemaal met de trein, dat is veel te duur. En bovendien komt een vliegtuig vaak uren later aan dan je denkt. Daddy zal oom Wessel opbellen zodra hij aankomt. Hij wil dadelijk doorreizen naar jullie toe.'

Het werd vrijdag, en ze hadden niets meer van Mam of van Daddy gehoord. Het was Johns verjaardag, maar daar deden ze nu niet aan. Dat moest wachten tot zondag. John nam wel een trommel vol met blokjes kaas en radijsjes mee, om in de klas te trakteren. Hij was een half uur eerder opgestaan om de kaas te snijden. Eigenlijk zou hij liever op snoep trakteren, dat hoorde meer bij een verjaardag, vond hij. Op toffees, of op kauwgomballen. Maar dat vonden de meesters en de andere moeders niet goed, had hij gemerkt. Raar, vond John, die kinderen in het dorp waren bijna allemaal dik en vet van het snoepen. Die aten thuis wel een kilo snoep, elke dag, dat wist hij zeker.

'Dat is waar ook! Welgefeliciteerd, neef,' zei oom Wessel, die met een slaperig gezicht binnen kwam. Hij stak zijn hoofd onder de kraan, en schonk toen kokend water in de theepot. Daarna kwam Luneige binnen.

'Ik feliciteer je lekker niet,' zei ze. 'We doen toch dat je niet jarig bent? Nou dan, lekker puh!'

Frances zei helemaal niets over zijn verjaardag. Frances had die morgen een ochtendhumeur.

'Ik ga vast naar school,' zei John. 'Jij treuzelt altijd zo.'

'Ga maar, ga maar,' zei Frances, 'het kan me niet schelen.'

Zo fietste John alleen de lange weg naar het dorp. In de klas zongen ze Lang-zal-die-leven! voor hem, maar dat gaf hem ook al geen jarig gevoel. In Amerika zingen ze 'Happy Birthday' op je verjaardag, en dat klinkt heel anders.

Toen hij om vier uur weer in zijn eentje naar huis reed, had hij erg de pest in. Mam had niet eens even opgebeld. Frances en Luneige deden ook helemaal niet of hij toch een beetje jarig was. En de jongens op school hadden hem geplaagd, omdat hij niet wou zeggen wat voor kadoos hij had gekregen. Het hielp niets of hij al zei: we vieren het zondag pas. Dat vonden ze gek. Ze vonden het ook gek dat zijn moeder in Amsterdam was, en zijn vader in Amerika. John fietste heel langzaam. Zou Daddy vandaag nog komen? Of morgen? En zou hij dan samen met Mam hierheen komen? Kan je dat wel doen als je gescheiden bent?

Hij smeet zijn fiets in de schuur, zodat die plat op de grond terechtkwam. Laat maar, dacht John. Eigenlijk had hij geen zin om naar binnen te gaan, en hij ging wat op het erf rond slenteren. Hij zette een oude autoband rechtop, en liet hem een eindje rollen. Hij trok een dode tak van de appelboom, want daar kon hij misschien een katapult van maken. Maar de tak was waardeloos, hij brokkelde stuk in zijn hand. Kwaad smeet John de stukjes hout naar een kip.

Iemand tikte tegen het keukenraam. Oom Wessel keek naar buiten, en wenkte hem. John stak even zijn hand op, en slofte weer verder met zijn hoofd naar de grond.

'John!!!'

Dat was Daddies stem die riep. Daar stond Daddy in de deuropening. Ze liepen alletwee heel hard; in minder dan een tel voelde John hoe hij werd opgetild, en een baardige wang tegen zijn gezicht drukte.

'Ben je er nou al!' zei John eindelijk. 'Zijn Luneige en Frances al thuis?'

Die zaten al lang in de keuken, en begonnen dadelijk weer ruzie te maken wie op Daddies knie mocht zitten.

'Nu mag John een poosje bij me zitten,' zei Daddy. 'Proost! op je verjaardag!' Oom Wessel en Daddy dronken jenever uit hele kleine glaasjes. En op het aanrecht stond een grote fles coca-cola. De meisjes hadden allebei al een glas vol.

'Geef mij ook eens wat cola,' zei John. Hij hield zijn arm nog wat stijver om zijn vaders nek, en drukte weer een zoen in zijn baard.

'Nee, jij krijgt niet,' zei Daddy. 'Strakjes. Eerst moet je het kadootje uitpakken, dat ik voor je heb meegebracht.'

'Waar is het dan?'

'Ik heb het zo lang in de kast in jullie kamer gezet. Ga maar kijken.'

Luneige holde de keuken al uit, maar John hield haar tegen. 'Ik eerst!' riep hij. 'Ik mag het pakken!' Ze gingen vol ongeduld naar hun kamer. Luneige fluisterde: 'Misschien zijn er ook wel pakjes voor ons. Maar John mag de kast opendoen.'

In de kamer met de bedsteden en de oude divan was het nooit helemaal licht. Alleen 's morgens, als de zon opkwam, scheen die heel even naar binnen. Vlak voor het raam was de dijk, zodat je buiten alleen die met gras begroeide helling zag. Tussen de bedsteden was een smalle houten deur. Daar was een hele diepe kast, een gangetje bijna, vol met oude rommel. John deed de deur van de kast open.

En daar stond ... Stephan.

'Hè, hè,' zei Stephan, 'ik dacht dat jullie nooit meer kwamen.

138

Ik sta hier al uren.' Hij stapte de kamer in, en gaf John zo'n harde duw dat die bijna omviel. Luneige ging op de grond zitten: ze moest zo hard lachen dat ze niet op haar benen kon blijven staan. 'Stephan is een kadootje!' riep ze. 'Wat een prachtig kado, hè! Wil je ruilen, John, ruil je hem met mij voor Peter-Rabbit?'

'Maar hoe kan dat nou? Hoe kom jij hier?' vroeg Frances.

'Heel gewoon,' zei Stephan, 'ik ben met je vader meegekomen. Mijn moeder is ook hier.'

'Waar dan?' Luneige sprong op en ging weer in de kast kijken. 'Ik zie haar niet,' zei ze teleurgesteld.

'Nee, die is nog in Amsterdam.'

Ze stonden allemaal naar elkaar te kijken en te lachen. Toen zei Stephan: 'Zeg, heb je die hoed van Kleine Harry nog? Mag ik hem een poosje op? Dat heb je me nog beloofd.'

'Goed dan,' zei John. Hij haalde de hoed uit de gang en Stephan zette hem dadelijk op.

Het werd een drukke, lawaaiïge en gezellige avond. Ze hadden zoveel te vertellen, en zoveel te vragen. Hoe het met Pepper ging, en o ja! ze moesten nodig eerst over het hondje in het Vondelpark vertellen, en wat er daarna gebeurde. 'Heb je ons pakje gekregen, Dad, en waarom heb je niet meer geschreven?'

Daddy zat aldoor te lachen, zo blij was hij. Luneige zat de hele tijd op zijn schoot, en Frances schoof haar stoel zo dicht naast hem als maar mogelijk was.

'Mijn moeder is bij jullie moeder,' vertelde Stephan. 'Ze logeert bij je Oma. En wij wonen nu bij elkaar.'

'Hoezo, bij elkaar?' vroegen ze.

'Gewoon, jouw vader woont bij ons.'

'Ja,' zei Daddy, 'het oude huis was veel te groot voor mij alleen. En ik vond het huis in Fell's Point altijd al veel gezelliger.'

Daar zaten ze toch wel even van te kijken. Maar Stephan leg-

de het uit. 'Je snapt het toch wel,' zei hij. 'Ze zijn nu samen. Mijn Mam en jullie Dad.'
'O...'
Even was het stil. Oom Wessel en John keken elkaar eens aan. Toen zei Luneige: 'Als ze groot zijn kunnen ze trouwen.' Daar moest iedereen toen weer verschrikkelijk om lachen.

Ze gingen die avond pas heel laat naar bed. Dat gaf helemaal niet, want de volgende dag was het zaterdag. Mam en de moeder van Stephan zouden zondag pas komen, om Johns verjaardag te vieren. 'Er is geen plaats voor zoveel mensen in mijn huis,' zei oom Wessel. 'Ook nog twee vrouwen erbij, daar voel ik niks voor.'
'Ik ook niet,' zei Daddy. 'Ik wil nu wel eens alleen van mijn kinderen smullen.' En hij beet in Luneiges buikje, zodat zij zich helemaal slap hield van het lachen.
Daddy ging op de divan slapen, en Stephan sliep bij John in de bedstee. Ze lagen nog een poosje samen te fluisteren. 'Voor jou is het laat, jij zult wel moe zijn,' zei Stephan. 'Maar ik ben helemaal niet moe. Voor mij is het pas middag, zie je, want in Amerika is het nu vier uur.'
'Hoe laat zijn jullie vertrokken?'
'Om één uur vannacht ging het vliegtuig uit Baltimore. We moesten eerst naar New York, zie je, en daar overstappen. Dat eerste vliegtuig was heel klein. Maar het was mooi, al die lichtjes van New York... net een film.'
'Jij hebt een nacht overgeslagen,' zei John. 'Je zou nu een middagslaapje kunnen doen.'
'Ik heb in het vliegtuig... ook een beetje...' Stephan gaapte heel hard, en sliep in. Maar John was nog een tijdje wakker.

Die zaterdagmorgen liepen ze allemaal een beetje katterig en met bleke gezichten rond. Frances was ook moe, en als ze moe was voelde zij zich oud en ernstig. Omdat zij de oudste was, moest ze er nu eenmaal voor zorgen dat de anderen geen stomme dingen deden. En dat ze schone kleren aantrokken, en zich wasten. Want oom Wessel had daar geen verstand van en lette daar niet op.

Ze was de kamer aan het opruimen, en haar vader stond voor het raam en keek naar de dijk. Daar was niet veel te zien, dus waarschijnlijk stond hij ergens over na te denken. Misschien vindt hij wel dat John en Luneige er slecht uitzien, dacht Frances. Of dat ik heel erg anders ben geworden. En ze zei:

'Luister eens, Dad, hoe vind je ons nou? Zijn we veranderd?' Daddy draaide zich om. 'Nee hoor,' zei hij, 'niet veranderd. Je bent gegroeid en een heel klein beetje ouder geworden. Daar had ik al op gerekend. Maar jij en ik, wij veranderen niet. Al zouden we elkaar twintig jaar niet zien, dan bleven we toch gewoon Daddy en Frances voor elkaar. Met jou kan ik altijd praten. En wij vinden ook altijd dezelfde dingen interessant of grappig.'

'Sara krasta, seko noko para,' zei Frances.

'Dat begrijp ik niet,' zei Daddy.

'Ik zei: alle mensen zijn gek, maar wij niet.'

'Zoiets bedoel ik eigenlijk ook,' zei Daddy. 'Wat is dat voor taal?'

Frances liet haar vader haar dagboek zien, dat helemaal volgeschreven was met Zakopane, en ze vertelde hem hoe ze die taal gemaakt hadden. Hij had er nog maar even in gekeken, toen ze hem het dagboek weer afnam.

'Ik ben bang dat je er iets van onthoudt,' zei ze. 'En dat willen we niet. Zakopane is alleen van John en Luneige en mij.'

'Je hebt groot gelijk,' zei haar vader.

John had een prachtige verjaardag. Mam en Stephans moeder kwamen al vroeg, en hij kreeg een heleboel kadootjes. Het mooiste kado kreeg hij van zijn vader – een fototoestel. Daddy had er meteen vast tien filmpjes bijgedaan, want hij wist wel dat John die van zijn zakgeld niet kon kopen. John nam de hele dag foto's, van allemaal samen en van ieder apart, voor het huis en achter het huis, van oom Wessel naast zijn auto en van Stephan met de hoed op.

Het was een warme dag. Buiten in het gras zaten ze te eten en te drinken. Later gingen John en Stephan naar de jonge zwanen kijken, en oom Wessel bracht ze met de roeiboot naar de andere kant van het kanaal. Daar liepen ze door de weilanden, en klommen over hekken en prikkeldraad.

Nu wist John pas hoe fijn het was geweest om een vriend als Stephan te hebben. Hij praatte net zoals hijzelf, en hij vond dezelfde dingen leuk. En dan wist hij ook nog alles over Baltimore, en over de school daar, en hij kende alle mensen die hij vroeger ook gekend had.

'Als mijn vader met jouw moeder trouwt, zijn wij broers,' zei John.

'Dat zou leuk zijn,' zei Stephan. 'Ik wil er mijn best wel voor doen. Maar ik geloof niet dat ze het van plan zijn. Maar als jij het graag wilt, ga ik er gewoon om zeuren.'

'Ach, zo belangrijk is het niet.'

'Wil je soms liever dat hij weer met jouw moeder gaat trouwen?'

'Ja, misschien wel. Dat zal toch wel nooit gebeuren.'

'Hij heeft bij ons in de kamer, boven de kast, al jullie foto's opgeprikt. En de tekeningen die jullie gestuurd hebben.'

'Hangt er ook een foto van mijn moeder bij?'

'Nee.'

'Zie je, dat dacht ik wel. Laten we maar proberen broers te worden.'

's Avonds bracht oom Wessel de twee moeders naar de trein. Het was opeens heel stil in huis. Buiten was het kil geworden.

142

Luneige moest naar bed. Ze had nog geen zin, en ze zat op Dads schoot in haar nachtpon, en tekende op een kladblok. Ze tekende het huis waar ze vroeger in gewoond hadden, en waar zijzelf geboren was. Dat blaadje scheurde ze eraf. Toen tekende ze het huis in Fell's Point. Dat blaadje scheurde ze er ook af. Toen tekende ze de ZAKOPANE, en ook dat blaadje scheurde ze eraf.

'Wat zal ik nu eens tekenen?' vroeg ze.

'Teken oom Wessel maar eens,' zei Daddy.

En dat deed Luneige. Ze tekende oom Wessel met zijn rug naar haar toe. Hij kreeg een mooie kale plek op zijn hoofd, met een krans haar eromheen, die over de kraag van zijn jasje krulde. In die kale kruin maakte ze een lachende mond.

'Wesseltje, m'n schat, ik heb je portret gemaakt. O, wat ben jij mooi!' zei Luneige.

Daddy zou twee weken blijven logeren. Daarna ging hij nog een week naar Parijs, met de moeder van Stephan. Gelukkig zou Stephan die week nog bij hen en oom Wessel blijven.

Het viel toen niet mee voor John, Frances en Luneige om die twee weken elke dag braaf naar school te gaan. Al heel gauw kwam Luneige thuis met pijn in haar buikje. Daddy zei: 'Nu, dan moet je vanmiddag maar thuis blijven.' Onmiddellijk liep Luneige vrolijk zingend rond. En ze at drie boterhammen op, nog voordat het tijd was om te eten.

Als de kinderen naar school waren ging Daddy vaak naar de stad. Hij kocht Amerikaanse kranten en boeken, die hij mee terugbracht om te lezen. Hij hield ervan heel rustig te zitten lezen. Hij hield er niet van als je de hele dag tegen hem praatte. Dat wisten ze nog wel, van vroeger.

Een paar keer ging Daddy wat rondrijden langs dorpen in de buurt in oom Wessels vrachtauto. Stephan mocht met hem mee. Ze gingen boerderijen bekijken en kerken. En ook de afsluitdijk.

Na zo'n tocht zat Daddy grote vellen vol te tikken op oom Wessels schrijfmachientje. Hij schreef artikelen voor zijn krant over Hollandse boerderijen, en over Hollandse kerken. 'Moet je echt nu ook werken?' vroeg John. 'Je hebt toch vakantie?'

'Ja John, niets aan te doen. Ik moet een beetje geld verdienen,' zei Daddy. 'En ik hou van werken, ik doe eigenlijk niets liever.'

'Maar ik vind het niet leuk,' zei John.

'En ik ook niet,' zei Luneige.

Daddy keek Frances aan. Frances zei niets, maar ze lachte ook niet. Zij vond het ook niet leuk dat Daddy nu zelfs wilde werken. Opeens wist ze weer dat Daddy ook in Baltimore vaak op zondag zat te werken. En dat was toen de enige dag dat ze hem zagen.

'Je bent een werkezel,' zei Frances.

'Ja, dat ben ik. Niets aan te doen.'

Ze lieten hem maar alleen, met zijn schrijfmachine en zijn papieren.

De tweede zondag kwamen de moeders niet. Het werd die dag heel warm. Dat konden ze heel vroeg in de morgen al voelen, toen ze nog in bed lagen. Zodra het licht werd, begonnen de vliegen door de kamer heen te zoemen. Door de hartjes in de luiken scheen een straal zonlicht naar binnen. De kinderen waren wakker, Daddy sliep nog. Frances las Luneige fluisterend voor. Luneige lag heel stil op haar rug te luisteren.

John en Stephan waren ook wakker. Ze hadden de deken weggetrapt. Stephan tekende met zijn tenen iets in de lucht, en John moest raden wat het was. Als hij het geraden had, tekende hij iets voor Stephan in de lucht. Het was een moeilijk spel, want allebei raadden ze het geen een keer goed.

Daddy had ook de deken van zich af laten glijden. Hij had

alleen een onderbroek aan. Soms sloeg hij met zijn hand naar zijn schouder, als daar een vlieg op hem kriebelde. Maar hij bleef slapen. Gelukkig, ze hoorden dat oom Wessel was opgestaan. Hij zette de buitendeur open, en in de keuken liep de kraan. John en Stephan trokken hun broek aan en gingen naar buiten.

Het was nog vroeg, maar de zon was al warm. Oom Wessel zat op de treeplank van zijn vrachtauto een kop koffie te drinken. Hij had blote voeten en een bloot bovenlijf.

'Jullie zijn vroeg,' zei hij. 'Als je thee wilt moet je het zelf maar zetten. Ik vind het nu nog te vroeg om voor bediende te spelen.'

'We kunnen wel thee maken,' zei John, 'maar we willen ook wel koffie. Hè, Stephan?' Stephan knikte.

Wat was het stil buiten op zondagmorgen. Nog veel stiller dan op andere dagen. Als er een auto op de dijk reed, konden ze die al van heel ver horen aankomen.

Een half uur later waren de anderen ook opgestaan. In de kleine keuken was het donker en benauwd. Iedereen maakte voor zichzelf een boterham klaar, om die buiten in het gras op te eten.

'Geen dag om in huis te zitten,' zei oom Wessel. 'Ik stel voor dat we een eind gaan rijden om wat frisse lucht te zoeken.'

De kinderen maakten vlug een berg boterhammen klaar, een hele plastic tas vol. Ze deden er ook wat tomaten en een komkommer bij, want die zijn goed voor de dorst. Toen waren ze klaar om te gaan.

De twee meisjes gingen voorin naast oom Wessel zitten, Daddy en de jongens klommen in de laadbak. Daar zaten ze plat op de bodem, Daddy tussen John en Stephan in. Hij hield ze allebei stevig vast, want een vrachtauto is geen luxe auto. De wagen sprong en hopste over de ongelijke bochtige weg, zodat hun gat telkens vanzelf een eindje de lucht in vloog.

'Gaat lekker, hè?' lachte John.

Ze zagen niets van het land en van de huizen, daar onderin de laadbak, maar wel de blauwe lucht, en soms de toppen van de bomen. Als ze een bocht om gingen rolden ze alledrie over elkaar heen. Luneige tikte tegen het kleine ruitje achterin de cabine, en zwaaide naar ze.

Opeens stond de auto stil. Ze hadden al een hele tijd gereden. Een beetje duizelig krabbelden de jongens overeind. Ze waren aan het eind van een doodlopende weg blijven staan. Voor hen was een hoge dijk. Dadelijk begonnen ze tegen de dijk op te klimmen, en toen ze boven waren... zagen ze de zee.

Deze zee leek helemaal niet op de zee waarop ze gevaren hadden. Hij was zo glad als een spiegel en hij had de kleur van zilver. In de verte voeren schepen. De lucht was hier heel licht blauw en er woei een fris windje op de dijk.

Er liep ook een troep schapen. Die begonnen boos te blaten en draafden met stijve poten voor hen weg. Aan de andere kant van de dijk zagen ze het Groningse land liggen: weilanden en boerderijen en wegen met bomen erlangs. Dichtbij was een dorpje, met nette stukjes tuin naast de huizen. Er was nergens een mens te zien.

'Een mooi land, Holland,' zei Daddy, en hij hield een hand boven zijn ogen om beter te kunnen kijken.

Het was jammer dat ze niet konden pootjebaden. Onderaan de dijk waren bazaltblokken, begroeid met glibberige algen. Het water werd daar dadelijk heel diep. Daarom bleven ze bovenop de dijk lopen. Het gras was kort en droog, en overal lagen opgedroogde schapekeutels.

Ze liepen helemaal tot aan een ander dorp. Daar gingen ze van de dijk af en kwamen bij een haventje. Langs een houten steiger lagen de vissersschepen. Het stonk er verschrikkelijk vies naar gekookte vis. Dat kwam doordat met die schepen op garnalen gevist werd, en die werden aan boord gekookt. 'Hmmm! Haring!' riep Frances, toen ze bij de sluis een

haringkar zag staan. Ze hadden in Amsterdam al een keer met Oma samen op straat een haring gegeten. 'Daddy, wil je haring? Dat is lekker!'

'Ja,' zei oom Wessel, 'jullie Amerikanen moeten haring eten. Als je dat niet doet kun je niet zeggen dat je in Holland bent geweest.'

'Vooruit dan maar,' zei Daddy, en hij kocht voor iedereen een haring. Stephan en hij vonden het wel een beetje vreemd om een rauwe vis te eten, maar moedig zetten ze hun tanden erin.

Oom Wessel pakte zijn haring bij de staart en liet hem haast in een keer in zijn keelgat glijden. 'Geef me d'r nog maar één,' zei hij tegen de haringboer, en hij veegde zijn vingers af aan een geruite handdoek die aan de kar hing.

'Hoe kun je dat zo eten?' vroeg Frances. 'In Amsterdam sneed die man hem in stukjes. Die kon je opprikken met een stokje.'

147

'Tja, in Amsterdam,' zei oom Wessel met een klein beetje minachting in zijn stem. 'De mensen daar weten niet beter. Kijk eens naar Luneige, zó moet je haring eten.'
Luneige kon het. Ze stond wijdbeens met haar hoofd achterover en hield de haring boven haar mond. Langzaam verdween die naar binnen.
'Amerikanen?' vroeg de haringboer aan oom Wessel. Die knikte. 'Maar dei lutje nait, dei bin Grunnen, dâ kenst wel zain, ja!'
'Waarom lach je, oom Wessel?' vroeg Frances. En oom Wessel zei:
'Omdat die man zegt dat je wel kunt zien dat Luneige een Groningse is. Groningse lutje, zegt hij, dat betekent: dat kleintje. Net als jullie woord little.'
Ze zochten een rustig plekje om de boterhammen op te eten. De tomaten waren stuk gegaan, en tussen de hagelslag en de jam door gekropen.
'Geef mij eens zo'n lekker stuk pizza,' zei Daddy, en hij stak een kluit doorweekt tomaten-brood in zijn mond.
'Brrr... aan die haring heb ik eigenlijk wel genoeg.'
Ze moesten weer hetzelfde eind teruglopen, over de dijk, om bij de vrachtauto te komen. Deze keer leek het veel verder dan op de heenweg.

Het bleef zo warm, ook toen het avond werd. De kinderen hadden helemaal geen zin om naar bed te gaan. Ze hadden het warm, hun gezichten gloeiden.
De zon ging heel langzaam onder, en daarna bleef het nog een tijdlang een beetje licht. Onder de bomen op het erf dansten zwermen muggen.
Daddy en oom Wessel maakten een kring van stenen. Daarbinnen legden ze een vuurtje aan. De rook hield de muggen uit de buurt. De twee mannen gooiden telkens een stuk hout op het vuur en dronken bier.

De kinderen lagen om het vuur heen op de grond. Ze voelden zich lekker moe, en ze zeiden niets meer. Ze keken naar de vonken en de rook, en luisterden naar het gezoem van de muggen. Langzaam werd de lucht donkerder.

Eventjes werden ze wakker toen oom Wessel en Daddy dekens over hen heen legden.

Ze hadden al urenlang liggen slapen, toen opeens een paar dikke druppels op hun gezicht spatten. Daar werden ze allevier tegelijk van wakker. Het vuur was uit en de dekens waren klam. In de keuken zaten Daddy en oom Wessel te praten. Frances en Luneige, John en Stephan stommelden naar binnen. Nog half in slaap trokken ze hun kleren uit en kropen in hun bedsteden.

De hele nacht ruiste de regen om het huis.

Eerst leken de twee weken dat Daddy bij ze was, heel lang te duren. En opeens waren ze om.

Het was de laatste dag, en daarom hoefden de kinderen niet naar school. Met z'n allen brachten ze Daddy naar het station in Groningen.

Ze kwamen daar pas toen de trein al bijna moest vertrekken. Haastig gaf Daddy alle kinderen een zoen, en stapte in. Hij deed het raampje open en stak zijn hoofd naar buiten.

'Wessel, bedankt,' zei hij, en hij gaf oom Wessel een hand.

'Ja, ja, 't is goed,' zei oom Wessel.

De trein begon te rijden. Met strakke, witte gezichten stonden ze hem na te kijken. Tot het laatst toe zagen ze Daddies hand door het open raampje zwaaien.

'Nou gaat-ie naar Parijs, met jouw moeder!' zei Luneige boos tegen Stephan.

'Ja, hij gaat naar Parijs,' zei Frances ook.

'Daar kan ik toch niks aan doen,' zei Stephan.

Op de bank naast Oom Wessel, voorin de vrachtauto, zaten ze elkaar steeds te duwen.

In huis was het raar stil en leeg nu Daddy weg was. Ze hadden niets te doen, want ze hadden nergens zin in. En het was nog lang geen tijd om naar bed te gaan. Daarom hingen

ze maar een beetje om de keukentafel heen en maakten ruzie om niets.

Luneige zei weer: 'Waarom moet-ie toch naar Parijs? Is het daar soms leuker dan hier?'

En John zei: 'Ik begrijp het ook niet goed.'

'Stephan zijn moeder wil naar Parijs, daarom gaat hij! Dat willen alle mensen uit Amerika!' riep Frances kwaad.

'Dat is helemaal niet waar!' riep Stephan, met tranen in zijn stem.

Oom Wessel zat bij het raam de krant te lezen en zei niets.

'Ik vind dat Daddy in Holland moet komen wonen,' zei John. 'En dan kom jij hier gewoon ook wonen, Stephan, waarom niet?'

'Dat kan niet,' zei Frances.

'Waarom niet?'

'Omdat hij voor de Baltimore-Star werkt. Hier kan hij geen geld verdienen. Hij moet toch werken?'

Ze waren een poosje stil. Luneige had Peter-Rabbit tegen zich aangedrukt, ze beet in zijn oor. Haar ogen werden al groter en groter en staarden naar buiten. Langzaam begonnen twee tranen langs haar wangen te druppelen.

'Ik wil weer bij Daddy wonen,' zei ze zachtjes. 'We kunnen best teruggaan naar Baltimore. Ik ga lekker toch met het vliegtuig mee. En dan ga ik in het huis náást ons oude huis wonen. En Mam ook, en wij allemaal. Dan wonen we fijn naast Daddy. Hè, Peter-Rabbit? Jij mag ook mee. Zie je wel, Peter-Rabbit vindt het ook.' Ze liet het konijn met zijn kop 'ja' knikken.

Oom Wessel sprong op van zijn stoel en smeet de krant op de grond.

'Gaan jullie nou eens een poosje spelen, zeg!' zei hij. 'Vooruit, ga naar buiten. De zon schijnt nog.'

Hij deed de deur achter ze dicht en liep naar de telefoon om zijn zuster Margje op te bellen.

Het pakhuis

Oom Wessel ging met het hoofd van de school praten, en met de juffrouw van de kleuterklas. Die vonden allebei goed dat de Amerikaanse kinderen een weekje vrij kregen. Het was toch bijna grote vakantie.

'Jullie gaan met Stephan mee naar Amsterdam,' zei oom Wessel. 'Jullie allevier. Dan heb ik ook eens een paar dagen rust. Dan kunnen jullie hem naar Schiphol brengen, en Daddy nog een keertje dagzeggen.'

Zo kwam het dat ze op een morgen met zijn vieren in de trein stapten, en oom Wessel alleen terugreed naar zijn huis onderaan de dijk.

Je kon wel merken dat al veel mensen vakantie hadden. De trein was vol, en op het Centraal Station in Amsterdam was het druk. Grote jongens en meisjes in korte broeken liepen met hun neus haast op hun knieën, doordat ze zulke zware rugzakken droegen dat ze er vast niet veel meer dan honderd meter mee konden lopen. Gelukkig zagen ze Mam dadelijk tussen al die mensen op het perron. Ze gingen met de tram naar Oma's huis.

'Wat is Amsterdam anders geworden,' zei Frances.

Dat was ook zo. In de zomer zag Amsterdam er heel anders uit dan in de winter. De mensen waren ook veranderd; ze leken wat vrolijker zonder hun dikke jassen en mutsen en lange gebreide dassen. De grachten weerspiegelden de bomen met hun donkere groene bladeren.

In de tram was het vol en benauwd. Er was geen plaats om te zitten, en zelfs de tassen en de koffer van Stephan konden ze niet goed tussen al die voeten en benen neerzetten. In Oma's huis was het ook vol. Maar Oma was erg blij om haar kleinkinderen weer eens te zien, en de kinderen vonden het fijn om bij Oma te zijn. De ramen waren omhoog geschoven, met een plankje eronder, zodat ze niet weer dicht konden vallen. De witte, geplooide gordijnen waaiden een beetje naar binnen. Van de straat klonken geluiden omhoog. Schreeuwende kinderen, auto's die wegreden, een hond die blafte, en verder weg de tram, die in de bocht gierde.

In alle huizen stonden de ramen open, en uit al die ramen klonken radio's. Ze moesten in Oma's kamer harder praten dan gewoon, omdat er zoveel lawaai uit de nauwe straat het huis binnenkwam. Als ze zelf even stil waren hoorden ze dat pas goed.

's Avonds werden alle matrasjes weer, net als eerst, op de grond gelegd. Overal lagen schoenen en kleren en tassen. Het was zo warm in de kamer; bijna niet uit te houden. De ramen moesten open blijven, anders zouden ze stikken.

Het leek wel of er die week elke nacht ergens in de straat een feest was. Uren na middernacht klonk er nog steeds harde muziek, en stemmen van mensen die daar overheen schreeuwden. Pas heel laat sliepen de kinderen en Mam in. Als ze de volgende morgen wakker werden, waren ze niet uitgeslapen. Ze werden er kribbig van. Nog nooit hadden ze zoveel ruzie gemaakt, nog nooit had Luneige zoveel gehuild. Frances had er het meest last van. Ze vond er eigenlijk niets aan om in Amsterdam te zijn. John en Stephan gingen er samen op uit, zij hoorde er niet bij. Van verveling hielp ze Oma in de keuken en ze deed boodschappen voor haar. Wat een vieze troep is het hier op straat, dacht Frances, bij óns op het erf...

Ze zag het ingezakte schuurtje voor zich achter het huis van oom Wessel, waar ze winkeltje gespeeld hadden, en waar ze wel eens in haar eentje ging zitten lezen als het regende. Dan' hoorde je zo gezellig overal om je heen de regen vallen. Ik lijk wel gek, dacht Frances. Ik moet niet denken: bij ons. Wij wónen niet in oom Wessels huis.

Toen, op een avond, belde Daddy op om te vertellen dat hij terug was uit Parijs. Hij ging met Stephans moeder in een hotel slapen. Hun vliegtuig zou 's morgens heel vroeg vertrekken.
'Is Stephan aangekomen?' vroeg Daddy door de telefoon aan Mam. 'Heeft hij de reis van Groningen hierheen goed gemaakt in zijn eentje?'
Mam legde haar vinger tegen haar lippen en keek lachend naar de kinderen. Die waren nog klaar wakker, en zaten allemaal rechtop naar Mam te kijken. Luneige legde ook even haar vinger tegen haar lippen.
'Ik breng Stephan morgen naar de KLM-bus. Dag!' zei Mam.

Ze voelden zich geen van allen die ochtend uitgeslapen. Het was pas vijf uur. Nu was het wel stil buiten. De trams reden nog niet. Er was niemand op straat. Met bleke gezichten liepen ze allemaal door elkaar. Gelukkig hoefden ze niet heel stil te doen, want de buurvrouw van twee hoog was met vakantie.
'Ik heb helemaal geen honger,' zei Luneige half huilend. 'Ik wil niet eten.'
'Drink een beetje thee,' zei Oma.
Maar ze hadden geen honger. Het was nog te vroeg, de slaap zat nog in hun armen en in hun benen. 'Ik maak wel een lekker ontbijt als jullie terugkomen,' beloofde Oma.
Met een taxi reden ze naar het Museumplein. De straten waren vreemd leeg en stil. Toen zagen ze ook de eerste tram; daar zat nog niemand in, alleen de bestuurder. Bij het KLM-gebouw op het Museumplein stond Daddy al te wachten.

Stephans moeder was er ook.

'Zijn jullie daar allemaal?' riep Daddy blij uit, toen ze de taxi uitkwamen. 'Dat is een verassing!'

John ging dicht bij Daddy staan. En Stephan moest zich even door zijn moeder laten knuffelen, want ze hadden elkaar een hele tijd niet gezien. Het was nog fris, zo vroeg in de morgen. 'We lijken wel een stel spoken,' zei Stephan. 'Wat zie je bleek, Frances. En moet je Luneige zien, haar neus is blauw.'

'Je hebt zelf een blauwe neus,' zei Luneige. 'Ik ben niet blauw. Ik heb het helemaal niet koud.' Ze kroop dicht tegen Mam aan.

Mam en de moeder van Stephan stonden zachtjes te praten. Er waren nog meer reizigers gekomen, die ook grote koffers meebrachten. Toen draaide de KLM-bus de hoek om en ze konden instappen.

Daddy kocht de kaartjes. Hij ging tussen Frances en John in zitten. Nog maar heel even, dan zouden ze hem niet meer zien. Het was zo raar dat ze allebei nu niets te zeggen wisten. Maar Daddy zelf zei ook niets. Pas toen ze bij het vliegveld waren en de bus naar de ingang reed, zei hij: 'Ik ga dit jaar hard werken en geld sparen. Zo gauw ik genoeg gespaard heb, laat ik jullie met vakantie naar Baltimore komen. Misschien volgend jaar al.'

De bus stond stil en ze stapten uit. Het gesjouw met de koffers begon weer. Als je op reis gaat moet je altijd met koffers sjouwen, dacht Stephan. Als je rijk was zou je daar een knecht voor kunnen nemen. Dan kon je zelf rustig met je handen in je zakken naar binnen lopen.

Deze keer gingen zij wel niet op reis, maar toch hadden ze weer precies datzelfde vreemde gevoel. Dat gevoel kenden ze nu al heel goed, maar het werd er niet minder van. Ze hadden nog een paar minuten de tijd om in de vertrekhal te blijven. Er waren daar ontzettend veel mensen. Bijna alle stoelen waren bezet. Je kon hier niet merken dat het nog zo vroeg in

de morgen was.

Stephan en John zetten de koffers op een weegschaal. Die weegschalen waren daar voor de passagiers om te controleren of ze niet te veel bagage meenamen. Want dat mag niet in een vliegtuig. Zij hadden net niet te veel, maar er had ook niets meer bij gekund.

John had een plastic tas bij zich. Daar had hij aldoor een beetje geheimzinnig mee gedaan, hij wilde niet zeggen wat erin zat. Opeens duwde hij Stephan de tas in zijn hand.

'Hier,' zei hij, 'voor jou.'

Stephan gluurde in de tas. 'Gosje!' riep hij, en hij holde naar zijn moeder. 'Kijk eens!'

Hij haalde Johns zwarte gleufhoed uit de tas en zette hem op. 'Moeten we nog niet gaan?' vroeg hij aan Daddy, en hij maakte een paar gekke grote stappen om hen allemaal heen.

Stephans moeder stond opeens op. Ze omhelsde Mam, en ze had tranen in haar ogen. Mam huilde helemaal niet.

'Is het al tijd?' vroeg Frances.

'Ja, we moeten gaan. De passencontrole en de douane duurt ook nog minstens een half uur,' zei Daddy. Maar hij nam nog steeds geen afscheid. Misschien vond hij het nu nog moeilijker dan de vorige keer, toen zij met de ZAKOPANE vertrokken. Maar het moest toch. En hij omhelsde Mam, en zoende haar op allebei haar wangen.

Daddy huilde niet. Hij drukte de kinderen ook niet stijf tegen zich aan dat het pijn deed, zoals toen, bij de haven. En toch zag hij er nog veel verdrietiger uit dan die keer. De enige die echt zin had om op reis te gaan was Stephan.

Een uur later waren ze alweer bij Oma thuis. Het was pas acht uur, de dag was eigenlijk nog maar net begonnen. Luneige zat in een hoekje van de bank en gaapte.

'Die heeft nu al slaap,' zei Oma. 'Kom kleintje, kom eens aan tafel zitten. Als je wat gegeten hebt mag je in mijn bed een poosje slapen.'

Terwijl zij weg waren had Oma het huis opgeruimd. Ze had in haar eentje alle dekens opgevouwen, en de matrasjes naar de kleine slaapkamer gebracht. Nu schonk ze thee in en zette een mandje met gekookte eieren op de tafel. En voor de kinderen smeerde ze een snee rozijnenbrood met heel dik boter.

'Het lijkt wel Pasen,' zei Frances. 'Of is het een feestdag vandaag?'

Oma lachte. 'Het is geen Pasen en ook geen feestdag,' zei ze. 'Maar ik dacht zo dat een beetje lekker eten geen kwaad kon als jullie allemaal wat verdrietig zijn.'

John had zijn mond vol. 'Goed idee, Oma,' zei hij. 'Ik wou dat mijn vader elke dag wegging, dan kregen we elke dag rozijnenbrood.'

Ze mochten nog een paar dagen bij Oma blijven logeren. Vaak speelden ze op straat, want het was nog steeds mooi weer. In de buurt waar Oma woonde waren veel kinderen. Al die smalle huizen waren volgepakt met mensen Vier verdiepingen boven elkaar, en op elke verdieping woonde een familie, een vader en een moeder met een paar kinderen. Als het warm weer was kwamen al die kinderen hun huizen uit om op straat te spelen.

Zo'n oude buurt waar veel mensen wonen, heeft ook wel iets gezelligs. Er is veel te kijken. Al een paar keer hadden ze een verhuizing gezien, want veel mensen trokken weg uit de buurt. Dan kwam een verhuiswagen de straat inrijden, en

158

je zag kasten en bedden aan een touw hangen en naar beneden zakken.

Dezelfde dag waren de huizen weer door andere mensen bewoond. Of mannen van de Gemeente kwamen om de vloeren eruit te zagen. Met de planken spijkerden ze de ramen dicht. Die huizen waren zo slecht dat ze moesten worden afgebroken.

De mensen die vertrokken, lieten soms zo maar meubels op straat achter. Die wilden ze niet meenemen naar hun nieuwe huis. Zo zag je hier een tafeltje staan, en daar weer eens een leunstoel of een krantenbak. Of een kapotte lamp, en ook wel eens een televisietoestel of een ijskast. Als die meubels een paar dagen op straat stonden, werden ze al gauw erg vies. De kinderen sprongen er bovenop en trokken de bekleding kapot. De honden piesten er tegenaan.

Meubels die er nog een beetje goed uitzagen, stonden er nooit lang. Mensen die zelf geen geld hadden om wat te kopen, namen ze mee. In Oma's buurt woonden veel mensen met weinig geld.

Op een dag liepen Frances, John en Luneige Oma's straat uit tot ze bij het water kwamen. Daar was geen gracht met deftige huizen erlangs, maar een breed water met aan het eind een brug. Er voeren vaak lange platte boten, en dan hoorde je een belletje en de brug ging omhoog.

Zij gingen de brug over en aan de andere kant van het water verder. Er liepen niet veel mensen, want er waren maar een paar gewone huizen. Ze zagen werkplaatsen, en een garage en een pakhuis. Je kon er lekker onder een boom gaan zitten en naar de boten kijken. Op de stoep voor het pakhuis stonden een bank en twee grote leunstoelen.

'Hè, hè, eventjes uitrusten,' riep Luneige, en ze ging languit op de bank liggen.

'Wat jammer dat ze dit weggooien,' zei Frances. 'Ze zijn niet eens stuk.'

'We kunnen ze aan Oma geven,' stelde John voor.

'Aan Oma? Waar moet ze dat allemaal neerzetten? De kamer is al zo vol.'

'Oma's bank is nog veel mooier.'

''t Is wel zonde.'

Bij de waterkant lag een kist. John sleepte die kist naar de stoep en zette hem voor de bank. De stoelen schoof hij eromheen. Het leek een beetje op een echte kamer, daar buiten op straat.

'Laten we huisje spelen,' zei Luneige. 'Ik zal wel kind zijn.'

'Goed. Dan ga ik wat te eten en te drinken halen. John, jij blijft hier om op de meubels te passen.'

'Ik blijf ook hier,' zei Luneige. Ze lag op haar rug op de bank en zwaaide met haar beentjes omhoog en zong een liedje. John zat op een van de stoelen en lette op.

Een kwartier later kwam Frances terug met een tas. Daar kwamen een fles limonade uit en drie glazen, een trommel met koekjes en een dominospel. Dat had ze allemaal bij Oma opgehaald. Het was echt prettig om zo buiten te zitten en domino te spelen en er wat bij te eten en te drinken. Toen de koekjes op waren, zei John: 'Ik heb nog honger. Ik ga een boterham vragen.'

John kwam terug met bordjes en messen en een zak vol gesmeerde boterhammen.

'Nu lijkt het nog echter,' zei hij. 'We gaan deftig eten, zoals bij tante Eetje. Dat hoort zo als je op een bankstel zit.'

Luneige vroeg: 'Hoe moet ik deftig eten met mijn vingers? Je hebt de vorken vergeten.'

'Dat geeft niet, eet maar met je mes,' zei John.

Er kwam een meisje van een jaar of twintig langslopen. Ze had een zware boodschappenmand in haar hand. Die zette ze op de grond, en met een sleutel maakte ze de deur van het pakhuis open. Toen keek ze naar de kinderen en zei:

'Hé, hallo! Wonen jullie hier?'

'Was het maar waar,' zei Frances. 'We spélen alleen maar dat we hier wonen.'

'Mag ik even bij jullie komen zitten?' vroeg het meisje. 'Ik heb zo'n zware mand gedragen. Eventjes uitrusten.' En ze ging naast Luneige op de bank zitten.

'Wil je limonade?' vroeg John.

Het meisje wilde best een glas limonade drinken. 'Lekker,' zei ze.

'Wil je ook een boterham?' vroeg John.

'Nee,' zei het meisje, 'eten jullie die zelf maar op. Ik heb nog iets veel lekkerders.' Ze haalde uit haar volle mand een dikke reep chocola. Die brak ze in stukken en ze gaf hun alledrie een groot stuk chocola.

Al gauw zaten ze met haar te praten alsof ze haar al heel lang kenden. Ze vertelde dat ze Annelies heette, en dat ze Engels studeerde. Annelies hoorde wel dat zij uit Amerika kwamen, omdat ze Hollands met een Amerikaans accent spraken. Ze wilde graag alles horen over hun reis naar Nederland, en wat ze daar allemaal hadden meegemaakt.

'En wonen jullie nu bij je Oma?' vroeg Annelies.

'Nee, eigenlijk wonen we nergens,' zei Frances. 'Wij logeren bij oom Wessel, in de buurt van Groningen. En Mam logeert bij Oma.'

'Wat vervelend voor jullie,' zei Annelies.

'Waar woon jij?' vroeg John. 'Woon jij hier, in dat pakhuis?'

'Ja,' zei Annelies, 'daar woon ik al bijna een jaar.'

'Wat raar. Ik wist niet dat je in een pakhuis kunt wónen.'

'Dat gaat heel goed, hoor. Maar ik heb wel alles zelf moeten maken. Jullie mogen wel mee naar boven om eens te kijken.'

Annelies woonde op de eerste verdieping van het pakhuis. Het was één hele grote kamer, van de voorkant tot de achterkant van het huis. Het was er erg gezellig.

'Hierboven woont nog een student,' vertelde Annelies. 'We

161

hebben zelf water en licht aangelegd, en een wc gemaakt. Want dat was er allemaal niet.'

Aan het eind van de kamer was een raam, en aan de voorkant was een houten luik tot aan de vloer met een klein raampje erin. Dat luik stond nu open, maar als het dicht was moest je ook overdag het licht aan hebben. Daarom had Annelies overal lampjes neergezet. Op de vloer lag een heel groot bed, en er stond een tafel met een paar stoelen. Aan de muur hingen mooie platen.

'Wat een fijne kamer,' zei Frances. Ze keek naar de boeken die in de kast stonden, en daar tussen ontdekte ze een paar Engelse kinderboeken, die zijzelf ook had.

'Die heb ik ook,' zei ze. 'Onze boeken zitten nog in kisten en die zijn nog bij de haven. We hebben ze nog nooit kunnen uitpakken.'

Annelies ging thee maken, en de kinderen zaten op het bed en op de vloer en bekeken de Engelse boeken. Door het open luik aan de straatkant scheen de zon naar binnen, en ze hoorden het getjoek van een boot, die langsvoer in de gracht. Daarna klonk het belletje van de brug, die omhoog moest om de boot door te laten. John ging kijken, maar Annelies zei, dat hij niet zo dicht bij het luik mocht gaan staan, want dat vond ze griezelig. 'Als je een stapje verkeerd doet val je naar buiten,' zei ze. 'Als hier kinderen woonden, zou ik er een hekje voor maken.'

De student die boven Annelies woonde, kwam binnen. Hij heette Rogier, en hij zei alleen maar: 'Hallo!' en ging toen op de vloer voor het open luik de krant zitten lezen. John ging vlakbij Rogier zitten. Annelies gaf hem een kop thee, en daarna was het weer heel stil, want ze lazen allemaal.

'Zeg,' zei Rogier opeens, 'hebben jullie dat huishouden beneden op de stoep gezien? Het lijkt wel of daar iemand woont. Bordjes en glazen, een heel bankstel...'

'Daar wonen wij,' zei John.

162

'Zo? Dan hoop ik voor jou dat het niet gaat regenen.'
Maar op dat ogenblik was er juist een grote zwarte wolk komen aandrijven, en Rogier had dat nog maar net gezegd of de eerste dikke druppels vielen al. Ze maakten donkere plekken op de grijze stoffige tegels van de stoep, en ze tikten op de bordjes, die nog op de kist stonden. Ze kwamen ook op de stoelen en op de bank neer, maar dat kon je niet horen.
'Wat jammer,' zei John, 'onze meubels worden nat.'
'Ja, dan had je maar een tent moeten maken,' zei Rogier.
'Dat wil ik wel, maar ik weet niet waarvan.'
'Die stoelen zijn zeker van die mensen hiernaast, hè, die vanmorgen verhuisd zijn?' vroeg Rogier aan Annelies.
'Ja, ze hebben ze niet meegenomen. En de nieuwe mensen zijn vanmiddag gekomen, maar die wilden ze zeker ook niet hebben. En deze arme Amerikaanse kinderen hebben niet eens een huis om in te wonen, zodat ze onder de blote hemel op straat moeten bivakkeren.' Annelies lachte.
Rogier lachte niet. Hij keek John eens aan, en vroeg toen: 'Waar zijn je vader en je moeder?'
'Mijn vader is van de week teruggegaan naar Amerika,' vertelde John. 'Hij was hier alleen een paar weken met vakantie. En mijn moeder logeert bij mijn Oma, maar daar is voor ons geen plaats.'
'En daarom moeten jullie op de stoep slapen?'
'Nee, dat nou ook weer niet. Wij logeren bij een oom, die woont buiten op het land, niet ver van Groningen.'
'Kunnen jullie daar blijven?'
'Eigenlijk niet.'
'Waarom kraken jullie dan niet een huis?' vroeg Rogier.
John wist niet wat kraken was, en Rogier legde het hem uit. Hij vertelde dat er in Amsterdam veel huizen leeg staan, soms jaren lang.
'De eigenaars willen die huizen met veel winst verkopen, en ze kunnen er meer geld voor krijgen als ze ze niet verhuren.

Nou, en dan komen er mensen zoals wij, en die kraken zo'n huis. Je gaat er gewoon in wonen. Soms gaat het goed, en soms komt de politie en jaagt je er weer uit. Wij hebben geluk gehad, we zitten hier al haast een jaar.'

'Hebben jullie dit pakhuis dan gekraakt?'

'Jazeker.'

John keek over het randje omlaag en zag dat het mooie bankstel al flink nat werd. De bekleding werd steeds donkerder van de regen, die nu in rechte stralen omlaag plensde.

'Jammer van onze bank en onze stoelen,' zei hij. 'Als we nu meteen een huis kraken, kunnen we ze binnen zetten. Ik vind ze echt mooi, weet je.'

'Zou jij wel een huis willen kraken?'

'Jawel. Maar mijn moeder is natuurlijk bang voor de politie.'

'Hier zou je niet bang hoeven zijn,' zei Rogier. 'Wij hebben nog nooit last gehad. En we betalen trouw elke maand een beetje huur, zodat de eigenaar van het pakhuis er ook niet veel van kan zeggen.'

Hij keek Annelies eens aan, en zij knikte. 'Ik vind dat we het maar moesten doen,' zei ze. 'Een moeder met drie kinderen, die zullen ze toch niet op straat zetten? Als ze hier eenmaal een poosje zitten, worden ze wel verder geholpen.'

'Komen jullie eens mee,' zei Rogier, en hij sprong op. 'We zullen jullie meubels even droog zetten. Drie trappen op, dat wordt een hijs!'

Het bleek dat boven de verdieping waar Rogier woonde, nog een verdieping was. Dat was eigenlijk de zolder, en die was leeg. Het was er kaal en donker, maar erg groot. De houten vloer was vuil. Langs de muren waren een paar rekken getimmerd, daar lag nog wat rommel op. Een paar oude telefoonboeken, en papieren en dozen. Het zat daar vol met stofwebben en dikke spinnen.

'Als het schoon is kun je hier best een tijd wonen,' zei Annelies. 'Wat vinden jullie ervan?'

Ze vonden het prachtig. 'Hier moet mijn bed komen, en hier Mams bed!' zei Luneige. 'En hier maken we een keuken, en daar zetten we een tafel...' Ze liep rond en wees aan hoe zij het huis wilde inrichten.

Frances keek nog wat aarzelend rond. 'Wat vind jij?' vroeg ze aan John.

John bekeek alles goed. Hij keek naar het luik en naar de rekken en naar het met hout afgetimmerde schuine dak. Toen knikte hij. 'We doen het!'

'Ja, Frances, wil jij ook?' vroeg Rogier.

'Natuurlijk wel,' zei Frances. 'Maar het is hier zo vies. Zo kunnen we het niet aan onze moeder laten zien.'

'Nou, dan maken we het toch eerst schoon,' zei Annelies lachend.

Ze gingen aan het werk. Annelies haalde een bezem en een stoffer en blik, een emmer water met een dweil en nog een emmer met een spons en een zeem. Frances ging met de bezem aan het werk en Luneige veegde met de stoffer langs richeltjes en in hoekjes.

Eerst leek het of ze het nog viezer maakten dan het al was. Grote wolken stof dwarrelden omhoog, het stof kroop in hun neus en in hun ogen. Ze moesten ervan niezen.

Rogier had het luik open gezet. Waar Frances geveegd had sopte Annelies met een natte dweil over de planken. Het stuiven werd iets minder. Toen Luneige met een kletsnatte spons het raam een beetje had schoon gemaakt, kwam er ook al wat meer licht binnen. Het was zwaar werk, maar je kon in elk geval zien dat je wat deed.

Intussen waren John en Rogier de trap afgegaan naar buiten. Het regende nog steeds een beetje.

'Ze zijn wel zwaar,' zei Rogier, en hij tilde de bank aan één kant op.

Een man die juist langs liep, bleef staan en keek naar de meubels. 'Moeten die naar boven?' vroeg hij. 'Hebben jullie geen touw en een katrol?'

'Die hebben we niet. Ze worden kletsnat,' zei Rogier.

'Dan help ik je toch effe,' zei de man, en hij tilde een stoel op en zette die omgekeerd op zijn hoofd. Hij kon er maar net mee de deur door. 'Welke verdieping?' vroeg hij.

'De bovenste!'

'Toe maar!'

Rogier nam de andere stoel op zijn nek en droeg hem de trappen op. Daarna sleepten de vreemde man, Rogier en John samen de bank naar boven. Ze waren er een hele poos mee bezig, want de bank was eigenlijk net iets te breed om door het nauwe trapgat te kunnen. Maar eindelijk waren ze er toch. Ze wilden de man, die zo fijn geholpen had, bedanken. Maar hij was alweer de trap af gelopen en verdwenen. John ging vlug naar het open luik en riep hard naar buiten: 'Dank u wel, meneer!'

De man was al een paar huizen ver. Toch hoorde hij het wel, want hij stak zijn hand omhoog en liep door zonder om te kijken.

'Een aardige man,' zei Rogier, en daar waren ze het allemaal mee eens.

'Zeg, het is al bijna zeven uur. Jullie moeten nu wel naar huis,' zei Annelies.

Ze hadden helemaal niet gemerkt dat het al zo laat was. Ze hadden die middag ook zoveel zitten eten en snoepen, dat ze geen honger hadden gekregen.

'Morgen komen we terug.'

'Natuurlijk, en breng je moeder dan mee. Zij moet het toch ook zien.'

Frances kneep haar ogen een beetje dicht. Ze keek nog weer eens de zolder rond. Die zag er al wel anders uit dan een paar uur geleden, maar nog niet als een echt huis. Ze zei:

'Ik wil het haar liever nog niet vertellen. We moeten het eerst een beetje mooier maken. Misschien vinden we nog wat op

straat.'
'Dat is ook goed,' zei Annelies. En Rogier zei: 'Als jullie morgen komen, wil ik wel helpen met de muren witten. Daar knapt het flink van op.'

Ze kregen een standje toen ze bij Oma kwamen omdat ze zo laat waren. Onderweg hadden ze een paar nieuwe Zakopane-woorden bedacht, voor 'kraken' en voor 'pakhuis'. Zo konden ze er tenminste samen over praten waar Mam en Oma bij waren.
Een dag of vier werkten ze hard in hun gekraakte zolder. Rogier bracht een emmer vol witkalk naar boven. Allemaal hielpen ze mee, en omdat ze geen kwasten genoeg hadden witten ze ook met de stoffer en met een kindervegertje. Annelies had een vriendin op bezoek, en die kwam ook meehelpen. Nadat ze klaar waren met witten moest de vloer nóg een keer gedweild worden. Toen zag de grote zolder er vrolijk en fris uit. Het bankstel was weer opgedroogd, de zon scheen naar binnen en zo zaten ze voor het open luik in de lekkere stoelen uit te rusten.
Twee keer in de week reed de vuilnisauto door de buurt. Veel mensen brachten al de avond ervoor hun vuilniszakken naar buiten en zetten die langs de rand van de stoep. Stapels grijze vuilniszakken lagen bij de lantaarnpalen en bij de bomen. En daarnaast en erbovenop allerlei andere dingen, die de mensen kwijt wilden. Rogier had gezegd dat ze vroeg moesten opstaan wanneer de vuilnisman kwam, en overal goed rondkijken. Dat deden ze. Het was bijna niet te begrijpen dat zoveel mensen mooie, bruikbare dingen weggooiden.
Eerst vonden ze een mooi groot vloerkleed, dat ze met veel moeite naar het pakhuis droegen en de trappen opsleepten. Annelies moest lachen toen ze hen aan het werk zag.
'Jullie mogen mijn fiets wel lenen,' zei ze. 'Daar kun je je spullen beter mee vervoeren.'

Ze waren er de hele morgen mee bezig. Telkens wanneer ze weer iets vonden, brachten ze het naar hun huis, en als er teveel lag moest Luneige op de uitkijk blijven staan tot Frances en John terugkwamen met de fiets. Ze vonden ook nog planken, die ze vast goed zouden kunnen gebruiken, en een paar erge mooie houten kistjes voor grammofoonplaten en voor speelgoed. En daarna nog een klein tafeltje en een krukje, en een schemerlamp en een kapstok. Vlak voordat de vuilnisauto erbij kwam konden ze nog net een babybad en een handdoekenrekje oprapen. Toen waren alle stoepen leeg.

Ze brachten hun laatste schatten naar boven. 'Het wordt mooi! Het wordt heel heel mooi!' riep Luneige, en ze danste in het rond.

'Mogen we even binnenkomen?' Annelies stak haar hoofd om de hoek van de deur. 'Wij hebben nog iets voor jullie.'

De vriendin, die al eerder meegeholpen had, had een mand vol kleine plantjes meegebracht. 'Allemaal stekjes,' zei ze. 'Je moet ze wel elke dag een beetje water geven.' Frances zette de plantjes in het babybadje.

Ze hoorden weer gestommel op de trap. Daar kwam Rogier binnen, en hij had een vriend meegebracht. 'Deze jongen is heel handig,' zei Rogier. 'We leggen even een snoertje naar boven, dan maken we een paar lampen. Want jullie moeten ook licht hebben.'

Annelies maakte boterhammen klaar, en Frances ging met de vriendin van Annelies limonade kopen en bier. De hele middag werkten ze door. Luneige maakte een grote tekening, die Rogier tegen de witgekalkte muur aan prikte toen hij klaar was.

'Heel mooi,' zei Rogier, 'een schilderij, dat maakt een huis pas echt bewoond.'

John had een paar haken tegen een muur getimmerd. Daar legde hij een mooie plank bovenop. 'Voor de pannen,' zei hij.

'Hier moet de keuken komen.'

Ze waren moe, maar heel tevreden, toen ze eindelijk naar Oma's huis liepen. Overal op straat waren kinderen aan het spelen.

'Als ik die kinderen zie,' zei John, 'heb ik zo'n gek gevoel. Alsof ik ze meer kinderachtig vind, met hun spelletjes. Wij wérken elke dag, daar zal het wel van komen.'

Luneige begon te zingen: 'Sara krasta, seko noko para...' Dat is Zakopane voor: iedereen is gek, alleen wij niet. Terwijl ze de hoek omliepen van de straat waar Oma woonde, zongen ze alledrie: 'Sara krasta, seko noko para! Sara krasta, seko noko para!' Ze zongen het nog terwijl ze de trap opklommen: pas toen ze de kamer binnen gingen hielden ze ermee op. De tafel was al gedekt, Oma en Mam zaten met het eten op ze te wachten.

'Wat voeren jullie toch uit, de laatste dagen?' vroeg Mam. 'Elke dag komen jullie veel te laat thuis, en jullie zijn weer zo vies als beren. Waar zitten jullie toch?'

'Zeggen we liever niet,' zei John.

'Nee, we zeggen het lekker niet,' zei Luneige.

Mam keek een beetje ongerust. Daarom zei Frances: 'Heus, Mam, het is een geheim. We doen echt niet iets wat niet mag.'

'Nou... hm, hm!' zei John.

Daardoor keek Mam nog meer ongerust. 'Morgen is het zaterdag,' zei ze.

'Dan breng ik jullie terug naar oom Wessel. Daar is het veel gezonder voor jullie.'

'Nee, nee, niet naar oom Wessel!' riep Luneige.

'Je vindt het toch fijn bij oom Wessel?' Mam wilde er verder niet meer over praten. Ze schepte de aardappels op de borden, en Oma zei:

'Wees toch blij, kinderen, dat jullie naar oom Wessel kunnen. Daar is de lucht zo gezond.'

Met bedrukte gezichten zaten ze te eten. Na een poosje zei

John in Zakopane-taal:
'Nu moeten we het haar vertellen.'
'Ja,' zei Frances, ook in Zakopane-taal, 'we moeten het haar vertellen.'
In het Engels zei ze: 'Mam, wil je zo dadelijk eventjes met ons meegaan?'
'Mee? Waar naartoe?'
'Dat zul je wel zien.'

Ze liepen Oma's straat uit. Mam begreep er niets van. En de kinderen wilden niets meer zeggen. Die durfden elkaar niet eens aan te kijken, zo bang waren ze dat alles tegen zou vallen. Een pakhuiszolder, met oude dingen die ze op straat gevonden hadden... zou Mam dat eigenlijk wel leuk vinden? John en Frances hadden nu allebei het griezelige gevoel, dat alles misschien een vergissing was. Dat ze heel leuk huisje gespeeld hadden, zodat het net echt leek, maar echt was het natuurlijk niet.
Ze liepen langs het water, en de brug over, en weer langs de andere kant van het water. Voor het pakhuis bleven ze staan. Alledrie keken ze vol spanning naar hun moeders gezicht. Annelies had Frances een sleutel van het pakhuis gegeven. Ze stak de sleutel in het slot.
'Pas op de trap, ik ga wel voorop. Het is hier een beetje donker,' zei ze.
Mam zei niets. Achter Frances aan liep ze de steile trap op. De deur van de zolderverdieping zwaaide open. Aarzelend ging Mam naar binnen. John knipte vlug het licht aan, zodat het er niet donker zou lijken.
'Wie woont hier?' vroeg Mam.
'Wij,' zei Luneige. 'Gewoon gekraakt.'

Mam keek om zich heen. Ze keek naar de witgekalkte muren, naar Luneiges tekening, naar de planten en naar het handdoekenrekje. Heel even ging ze op een stoel zitten, maar dadelijk stond ze weer op, om door het raampje in het luik naar buiten te kijken. Toen liep ze de hele zolder door en keek door het raam aan de achterkant. Ze legde haar hand even op de plank, die John tegen de muur had gemaakt. Haar ogen werden al groter en groter, en haar mond trok een beetje vreemd.

Vond Mam het nu fijn, of vond ze het juist helemaal niet goed? Ze durfden het haar niet te vragen. Maar eindelijk zei ze iets. Ze vroeg:

'Hebben jullie dit gekraakt? Bedoel je dat wij hier kunnen wonen?'

'Echt waar,' zei Frances, en John zei:

'Ik ga de anderen even halen.'

Even later kwam hij terug met Rogier en Annelies, en die stelden Mam gerust. 'Zo lang het duurt, duurt het,' zeiden ze, 'en wij zitten hier al bijna een jaar.'

Toen keek Mam heel erg blij. 'Wat heb ik toch een zwervers van kinderen!' zei ze, en ze gaf hun alledrie een zoen.

'Weet je waarom we zo'n lánge zolder gekraakt hebben?' vroeg John. 'Omdat daar jouw neus tenminste in past.'

Al een paar dagen later werden de kisten gebracht met de borden en de pannen, met de pick-up en de grammofoonplaten, met de lakens en de dekens. Toen konden ze echt in het pakhuis wonen.

Oom Wessel kwam met zijn kleine vrachtauto en bracht hun koffers en de fietsen mee. Hij had ook een kist vol gereedschap meegenomen. Hij zei niet veel. Even keek hij rond en toen ging hij aan het werk. Hij legde nog een paar lampen aan, en samen met John reed hij naar het Waterlooplein. Daar kocht hij een gootsteenbak met een aanrecht, en een butagasstel en een butageyser. Hij werkte heel hard, en in één dag had hij de keukenhoek in orde gemaakt. Nu konden ze zich wassen en eten koken.

'Zo, dan ga ik maar weer eens,' zei oom Wessel.

'Blijf je maar één dag?'

'Langer hou ik het niet uit in de stad. Wacht, ik moet nog iets doen!' En voordat hij vertrok timmerde hij nog een stevig hek tegen het kozijn, waar het luik voor paste.

'Als er nu nog eentje uitdondert is het jullie eigen schuld,' zei hij, en hij zocht zijn gereedschap bij elkaar en stopte het in zijn gereedschapskist.

De kinderen reden met hem mee tot bij de brug. Daarna hoorden ze nog een tijdlang hoe hij met zijn claxon toeterde, boven het lawaai van het andere verkeer uit. Een beetje stil liepen ze terug naar hun pakhuis.

Het was wonderlijk zo snel als ze zich thuis voelden op hun zolder. Het werd er elke dag een beetje gezelliger. Mam had gordijnen gemaakt, en een kamerscherm. Dat zette ze dan 's avonds om de bedden heen als de kinderen moesten slapen. Het was zo prettig om in je eigen bed te liggen en stil te luisteren naar de geluiden aan het andere eind van de zolder. Soms draaide Mam een plaat, heel zachtjes, en ze hoorden haar thee zetten en met een bezoeker praten. Een klein beetje licht scheen door het kamerscherm heen en tegen het schuine dak. Het werd nog beter toen Rogier op een avond een televisietoestel naar boven bracht. Het was een oud toestel, en hij moest een tijdlang de antenne draaien tot er een goed beeld op kwam. Ze konden er alleen Nederland I op krijgen, maar dat vond niemand erg.

Frances, John en Luneige zaten samen op de bank en keken naar Laurel en Hardy. Ze hoefden de Nederlandse woorden die eronder stonden, niet te lezen. Want ze verstonden alles, woord voor woord.

John zei: 'Ik wil wedden dat Hollandse kinderen de helft van de grappen niet begrijpen. Ik lach me toch altijd rot om die twee.'

'Sara krasta, seko noko para,' zei Luneige.